書下ろし

ひとつ舟

鳴神黒衣後見録

佐倉ユミ

祥伝社文庫

目次

『ひとつ舟　鳴神黒衣後見録』の主な登場人物

畠中狸八（はたなかりはち）……元は大店（おおだな）の跡継ぎだったが、勘当されて路頭に迷い、畑の大根を引き抜きかじっていたところ、通りがかった鳴神座の狂言作者・石川松鶴に拾われる。作者部屋で見習いを務め、黒衣（くろご）になることも。

月島銀之丞（つきしまぎんのじょう）……鳴神座の若手役者。鼻筋の通ったきれいな顔をしているが、肝心の芝居が大根なのでいい役をもらえていない。しかしいつかは看板役者になるのが夢。

池端金魚（いけはたきんぎょ）……小さい頃に石川松鶴に拾われ、それ以来、作者部屋付きの見習い。雑用もテキパキこなす。小柄ですばしっこいため、黒衣としても重宝されている。

石川松鶴（いしかわしょうかく）……鳴神座付きの戯作者。普段は芝居小屋一階の「作者部屋」で台本を書いている。時代物を得意とし、演出を派手にして客を喜ばせようと、ときどき無茶を言う。大口を叩くが気の小さいところもあり、数人いる弟子には、みな縁起のいい名前を付けて験を担いでいる。

松ヶ枝福郎（まつがえふくろう）……松鶴の一番弟子。師匠に代わって台本の執筆もする。気が短い。

最上左馬之助（もがみさまのすけ）……松鶴の二番弟子。狸八に芝居のいろはを教える。お調子者で、ときどき余計なことまで口にしてしまう。

鳴神十郎（なるかみじゅうろう）……四十代半ば。鳴神座座元（幕府から一座を開くことを許可された人物。座元の名前を代々継ぐ）にして、座頭＝看板役者。通常は座元とは別の人だが、人手が足りないため兼任中。

鳴神佐吉（なるかみさきち）……十郎の息子。十郎に比べて細身で二枚目。所作は美しく堂々としていて、人の目を集める力がある。銀之丞が目標にしている人物。

白河梅之助……鳴神座一の敵役白河右近の息子。瓜実顔が美しい女形。贔屓が多く、鳴神座の看板役者の一人。普段から女のようにふるまう。

紅谷朱雀……渋い脇役を演じる紅谷八郎の子。一座の役者の中で一番若く、銀之丞のことも「兄さん」と立てはするが、芝居に対しては厳しい。

紅谷孔雀……朱雀の兄で、同じく役者。面長ですっきりとした顔立ち。芝居によって男女双方の役を演じ分ける。

一、虎と狸(たぬき)

蝉(せみ)の声が変わったことに気付き、座敷を掃(は)いていた狸八(りはち)は顔を上げた。窓を大きく開け、外へ身を乗り出す。じりじりと暑苦しかった鳴き声は、今やカナカナという、物悲しい声へと変わった。夏が終わろうとしている。

狸八は頭にかぶっていた手拭(てぬぐ)いを取り、窓枠に掛けて、しばしその声に耳を傾けていた。

狂言作者の石川松鶴(いしかわしょうかく)と出会い、畠中(はたなか)狸八という名を与えられ、この芝居小屋——鳴神座(なるかみざ)に迎え入れられてから、半年が過ぎた。芝居の正本(しょうほん)を書くのが仕事の作者部屋で見習いをしながら、こうして雑用もこなす日々は忙しい。

「おお、狸八。掃除か、ご苦労さん」

日暮れ前にひとっ風呂浴(あ)びた若手の役者たちが数人、手拭いを首にかけ、うちわを手に帰ってくる。金のない駆け出しの役者たちにとって、鳴神座の一階にあるこの稲荷町という名の部屋は、楽屋であると同時に家だ。元は六畳間が二部屋と四畳半の部屋とが並んでいたそうだが、手狭になったために壁をぶち抜き、今はそこで十数人が寝食を共にしている。狸八もその中の一人だ。

「すいません、もう終わります」

「ああ、窓はそのままにしといてくれよ。ちょうど、いい風が吹き始めた」

はいと答え、狸八は窓を大きく開けたまま、つっかえ棒を立てる。若い役者を引き連れているのは、錦太という男だ。たしか歳は二十五だったか。狸八より二つ上だ。稲荷町の中では年長者だが、ここは単に若い役者というだけではなく、無名の役者の部屋でもある。錦太は皆に慕われているが、ここでの年長者が微妙な立場にあることは、その振る舞い方から時折垣間見えた。

「錦さん、蚊が入るよ」

「そりゃあ夏だ。蚊ぐれぇいらぁ」

狸八が掃いた部屋の真ん中に、錦太はどかりとあぐらを掻いて首の汗を拭う。ほかの者も、錦太の周囲に腰を下ろした。

「もうじき秋だよ。終わりの蚊はしつこいんだ」

「山瀬、ここの窓を閉めたところで、楽屋口も裏口も開いてるぜ。同じことさ」

「そう言うなら、山瀬が蚊遣りを持ってきな。なあ錦さん」

山瀬と呼ばれた若いのは、むくれつつ辺りを気にしていたが、狸八と目が合うと、思い出したように手を後ろへ回した。一重の切れ長の目が、微笑むとさらに細くなる。その目は目張りを引くと美しく映える。山瀬は稲荷町の女形だ。

「狸八さん、土産だよ」

そう言うと、帯の背中に挟んでいたほおずきの枝を放る。狸八は箒を脇に挟んでそれを受け取った。枝は太く、見事なほおずきだが、肝心の実は下の方に三つ残っているだけだった。

「帰ってくるまでに、いくつか鳴らして遊んじまったんだ。悪いね」と、山瀬は笑う。

「こいつは鳴らすまでが下手でな。無駄にするから」

「細けぇことは嫌いなんだよ！」

山瀬が口を尖らせるのを、周りの者が囃し立て、笑いの渦は大きくなる。

「三つあれば十分ですよ。金魚にも分けてやれます。ありがとうございます」

金魚とは、作者部屋のれっきとした人間の名だ。まだ十三と若いながらも、鳴神座のことも芝居のこともよく知っていて、狸八の面倒まで見てくれている。満足げに頷く山瀬の顔を、錦太はうちわで扇ぐ。

「ああ、金魚なら器用だからな。一つで長いこと鳴らせるだろ」

「なんだい、錦さんは」

「おめぇをどうこう言っちゃぁあいねぇだろうが」

「言ってるよ！　間違いねぇ！」

錦太と山瀬のやりとりに起こった笑い声が、不意にぴたりと止まった。役者たちの目は、紺の暖簾をくぐって入ってきた男に集まる。酒瓶をぶら下げた男は立ち止まり、居並ぶ顔を鋭く見渡すと、ぐいと酒を呷った。口元には蔑むような笑みが浮かんでいる。

「まぁた慣れ合ってんのか、おめぇらは」

気の弱い者が目を逸らす。男の名は日高虎丸といった。歳はまだ二十に満たないが、年上の狸八でも、虎丸と話すのは腰が引ける。六尺近い上背と獲物を狙うような鋭い目つきは、まさしく虎のようだ。

「虎丸、言葉を選べ」

錦太が渋い顔で言う。

「違わねぇだろ」

「慣れ合ってるように見えたか」

「ああ。互いに足を引っ張り合う稲荷町で、呑気なもんだ」

「引っ張り合う気はねぇ」

「じゃあどうやって這い上がる気だ。錦太さんよ。いつまでもここにいても仕方ねぇだろ」

憮然として鼻から息を吐く錦太を、虎丸は顎を上げて見下ろした。

「どいつもこいつも踏み台だよ」

虎丸が窓際に近付くと、そこにいた役者たちは無言で散った。そうして空いた場所に、腕を枕にしてごろりと寝転がるのを、山瀬が睨みつけている。

狸八はそろそろと部屋を出ようとしたが、ふと頭に手をやり、手拭いがないことに気付いた。そうだ、窓枠に掛けっぱなしだった。窓を振り返り、狸八は、さて困ったと口をへの字に曲げる。手拭いを掛けた窓の下で、虎丸が横になっているのだ。

虎丸は壁の方を向き、こちらには背を向けている。決まった調子で上下する背中を見るに、眠っているのかもしれない。意を決して、狸八はそっと窓の方へと向かった。狸八さん、という、山瀬の声が小さく聞こえた。

窓の傍まで来ても、虎丸は動かない。よし、と狸八は手を伸ばす。指先が手拭いに触れるかどうか、というところだった。

「おい」

「はいぃ」

下から、低い声がした。思わず声が上ずる。虎丸は、こちらをぎろりと睨みつけていた。

「すいません、手拭いを」

だが、窓を見ると手拭いがなくなっている。狸八の指が触れ、外に落ちてしまったらしい。どう言い訳しようかとあたふたとしていると、虎丸が体を起こした。

「いつまでも箒持ってうろちょろしてんじゃねぇ！　掃除が終わったならさっさと片付けろ」

「は、はい！」

尻尾を巻いて逃げるとはこのことだろう。情けないと思いつつ、狸八は振り向くこともせず稲荷町をあとにした。

「そいつは災難だったな」

狸八の話を聞き、最上左馬之助は笑った。二十代半ばで、作者部屋では三番手に位置する男は、目尻が猫のように吊り上がった大きな目をすっと細める。

「虎丸は荒っぽいからなぁ。だが、見栄えがいいから使いどころはあるんだぞ。あれでもな。もっとも、本人は芝居が好きで役者になったわけじゃねぇから、そこんとこをどう思ってるかはわからねぇが」

下の方に実が三つ、頼りなくぶら下がるほおずきの枝を床の間に活けながら、狸八は尋ねる。

「芝居が好きじゃないのに、役者になったんですか？」

「なに、人それぞれさ。おめぇだって、作者部屋の見習いになりたくてここへ来たわけじゃねぇだろう？」

狸八はずんぐりとした花瓶から手を離し、立ち上がる。

「それは、そうですが」

「そんなもんさ」

作者部屋には狸八と左馬之助の二人だけで、楽屋口で焚いている蚊遣りの煙がうっすらと漂っていた。夏の夕暮れの匂いだ。松鶴と、一番上の弟子の松ヶ枝福郎は、すでに帰途についている。福郎は松鶴の右腕で、下の者の面倒を見るよりも、正本を書くことに忙しい。

「さて、じゃあ始めるか」

部屋に三つある行灯に、順に火を点けて、左馬之助は己の机の前にあぐらを掻いた。

「お願いします」

狸八は机を挟んだ向かいに正座する。左馬之助は片手にうちわを持っていて、扇ぐたびに緩く結った髷の後れ毛が揺れた。

「まずは、この間やったことをざっとさらってからだな」

左馬之助が独り言のように言い、こちらを見る。

「覚えてるか？」

「はい。狂言作者とは――」

狸八は唱えるように口にする。

演目の筋を考え、芝居の正本を書く者のことを狂言作者と呼ぶ。福郎や左馬之助も正本の執筆を手伝っているが、この作者部屋で、狂言作者と呼ばれるのは石川松鶴ただ一人だ。作者部屋の中にも格付けがある。

まず、作者である松鶴が演目の大筋や配役を決め、それは弟子たちへ伝えられる。松鶴が直に正本を書くのは、大詰と呼ばれる最後の幕と、その一つ前の幕だけだ。鳴神座では全六幕から成る演目が多いため、松鶴が書くのは五幕と六幕ということになる。

作者に次ぐ二番手のことを、二枚目と呼ぶ。ここでは福郎が二枚目だ。二枚目は三幕と四幕を書き、それに次ぐ三番手、三枚目の左馬之助がはじめの一幕と二幕を書いている。

「役者は、一幕、二幕は稲荷町。上の階の役者が出てくるのは、早くても三幕目から、でしたね」

「そうだ」

あとになる程、優れた書き手の本となり、役者も大物が出る。客も盛り上がってくるというものだ。

「そして金魚が狂言方で、俺が見習い、と」

狂言方とは、三枚目の下に位置する。芝居を学びつつ、黒衣としても働く者のことだ。黒衣として舞台に上がることで、役者たちの動きをすぐ近くで学べるのは利点だ。

狸八は先月の夏芝居では人手不足のために黒衣を務めたが、本当のところは、まだ勉強と雑用しか許されない立場だ。

だが、もし仮に狂言方になれたとしても、その先はないだろう。狸八には狂言を書くことなどできない。

「まあ、一歩一歩だ」

表情が曇ったのを見てか、励ますように左馬之助が言う。

「先は長ぇぞ」

若手だけで興行を行なう夏芝居が無事に終わり、肩の荷が下りたらしい。近頃は福郎も左馬之助も余裕ができたようで、だからこそ、左馬之助がこうして狸八に作者部屋のいろはを教えてくれているのだが、狸八にはそれが少しばかり申し訳なくもある。

教えてもらったところで、芝居が書けるようになることなどあるのだろうか。

その不安は夕立のように、不意に胸を黒い雲で覆う。

このままここにいてもいいのだろうか。

「俺が三枚目に上がったのは六年目だな。福兄の上の兄弟子が独り立ちしたのよ。それで繰り上がった。まあ、時はかかるだろうが、縁あってここへ来たんだ。腐らずにな」

　六年目で三枚目というのは、狸八からすれば早いように思うが、そんなことはないのだろうか。ふと、狂言方の池端金魚が五歳で松鶴に拾われたというのを思い出した。金魚は、年数だけならば八年もここにいることになる。

「金魚は、ずっと狂言方なんですか?」

「ん?」

「正本を書かせてもらえることはないんですか?　その、子供だからですか」

　そう尋ねると、左馬之助は頬杖をついて目を天井にやり、眉を寄せて苦笑した。

「いや、金魚はな」

　くくっと笑う。

「なんです」

「いやな、そりゃあ、あいつはまじめだし、よく勉強もしてる。歳の割に、芝居のこともよぉく知ってる。だがな、芝居のことしか知らねぇんだ」

　狸八は目を二、三度瞬いた。その顔を見て、左馬之助がまた苦笑する。

「恋の一つも知らねぇ男に、本は書けねぇのさ」

ああ、と狸八は声を漏らす。なんとなく腑に落ちてしまった。松鶴を心から尊敬し、鳴神座に尽くしている金魚は、芝居小屋の外の世界には疎いのだろう。だが、芝居に描かれるのは外の世界の出来事だ。人々の営みを、情を、無念を知らねば芝居は書けない。

わかるだろう、と左馬之助が目で訊いてくる。

「前にな、福兄と、金魚を遊郭に連れてったことがあってな」

ぎょっとして、狸八は思わず身を引く。

「それは早いんじゃありませんか」

俺が初めて行ったのは十五のときでしたよ、という言葉を慌てて飲み込む。油屋を営む生家の、得意先の旦那に連れて行かれたなどとは口が裂けても言えない。狸八の生家が麴町の大店で、吉原通いが元で勘当された身だというのは、鳴神座では金魚しか知らないことなのだ。

「十三にもなりゃあ立派に男さ」

「金魚、どうでした？」

思い出したのか、左馬之助は額に手を当てた。

「女郎や芸者衆を見て、あいつ、なんて言ったと思う。案外地味ですね。梅之助さんや朱雀さんみたいな人はいないんですか、だとよ」

「ぷっ」

狸八は思わず噴き出した。なんということを言うのだ金魚は。

「女郎も芸者も顔を真っ赤にして怒ってな。半刻もせずに追い出されたよ」

「男と比べられたら、それはそうでしょう」

「ったく、勘弁してほしいぜ」

白河梅之助は鳴神座の立女形、紅谷朱雀はそれに次ぐ美しさだ。それを間近で見て育てば、そこらの女では心も動かないか。だが、なにもそれを相手の耳に入れることもない。

「それからあいつを遊郭に連れてくのはやめたのさ」

「それがいいですね」

苦笑しつつ答えると、左馬之助はぱっと目を見開いて身を乗り出した。

「狸八はどうだ？　いける口か？」

「ああ、まあ、ほどほどに」

「そんならそのうち」

言いかけて、左馬之助は鼻をひくひくとさせる。すっかり日の落ちた部屋の中に、蚊遣りに代わって漂い始めたのは、甘じょっぱい出汁(だし)の匂いだった。楽屋口を出て、細い裏路地を進んだ隣の若狭屋(わかさや)の、蕎麦(そば)つゆの匂いだ。いけねぇ、と左馬之助は勝色(かついろ)の袖(そで)を捲(まく)り上げる。

「早くしねぇとうちの若いもんたちであの鍋、空(から)にしちまう。ゆっくりしてられねぇな。狸八、急ぐぞ」

「は、はい」

話が逸らされたことに安堵(あんど)して、狸八は気付かれないように息をついた。行灯のぼんやりとした明かりを横っ面(つら)に受け、左馬之助は紙に筆を走らせる。舞台と花道を上から見た図を描いていく。

「今日は脇狂言についてだ」

脇狂言とは、興行の際、朝一番の三番叟(さんばそう)に続いて演じられる狂言だ。ほかの幕と比べて短く、稲荷町の役者だけで演じられる。

「うちの脇狂言は何だ。言ってみな」

「はい。『与一千金扇的(よいちせんきんおうぎのまと)』ですね」

「そうだ」と、左馬之助は頷いた。

『与一千金扇的』は、平家物語(へいけものがたり)の屋島(やしま)の戦いに題を取っている。弓の名手である那須与一を主役に据え、花道から本舞台に向けて矢を放ち、海に見立てられた舞台の、船の上にある扇の的を射落とすのだ。矢を的に当てることで、興行が当たるようにと願を掛けている。

「脇狂言は一座ごとに違う演目を持っててな、代々若手が演じて引き継いでいくものだ。中村座の外郎売りとかな。めでたい話をやるもんだ」

「じゃあ、与一千金扇的はうちしかやってないんですね」

「そういうこった。書いたのももちろん先生だ」

左馬之助は上座の松鶴の机に目をやる。

「もっとも、書いたのは二十歳を過ぎた頃らしいから、三十年は昔の話だがな」

「そんなに前から、ずっとですか」

「ああ。十郎さんも佐吉さんも、初めはここからさ。稲荷町の連中も、頭角を現わすやつぁ、ここから出るんだ。短くてもな、光るやつは光るのよ」

鳴神座を背負う鳴神家の十郎、佐吉の親子でも、いきなり目玉の本狂言に出られたわけではないらしい。十郎の父である鳴神喜代蔵は、今では好々爺らしく映るが、若い頃は息子にも役者たちにも厳しかったと聞く。そうでなければ、いかに鳴神家の年長者とはいえ、一座のすべてを取り仕切る頭取にはなれないのだろう。

「ではその与一千金の筋だが」

はい、と答えて狸八は背筋を伸ばす。

「平家物語は知ってるか」

「大筋は」

「ん。まあ、芝居も何度も見てるしな。とんとんと行くぞ」

「はい」

平家物語の屋島の戦いは、七百年以上も前に讃岐の屋島で起こった戦いだ。この頃、都落ちをして大宰府に逃げるも、そこさえ追われた平氏は、屋島に拠点を置いていた。幼い安徳天皇を連れ、三種の神器を持ったまま、地元の有力な水軍を擁して浜を舞台に源氏との戦いを繰り広げていたのである。

ある二月の夕刻、海に陣取る平氏方から、美しい女官の乗った小舟が現われた。玉虫御前という名のその女官は、小舟に立てた竿の先に扇を据え、射てみよと源氏方を誘う。女に挑発されて応えぬとなれば武士の名折れだ。源氏の軍勢を率いていた源　義経は、坂東武者の誉と名高い畠山重忠を指名するが、重忠は辞退し、巡り巡って、十九歳の那須与一が選ばれる。

「配役は、もちろん与一が一番だが、義経と重忠、与一の兄の十郎なんかも大事だな。こいつが断ったから弟に回されたわけだ」

「与一は、外せば切腹の覚悟で臨んだそうですね」

「そうさ。だから経を唱えて弓を引いたんだ。源氏の名誉を背負ってな。十郎が断ったのは負傷のためだそうだが、ひでぇ兄貴だと俺は思うよ」

左馬之助は眉を寄せて言った。だが、武家であればそんなものなのかもしれない。万一外して、当主である兄が腹を切ることになれば大ごとだ。

「そうだ狸八、与一が何人兄弟か知ってるか？」

「何人？」

いえ、と狸八は首を横に振る。

「与一って名は、一つ余るって意味さ。兄は十郎。つまり、十一番目の息子ってことだ。姉や妹の数はわからねぇがな」

「じゃあ、十郎は十男なのに当主ということですか」

「そうだ。ほかの九人の兄は、みな平氏方についた」

狸八は目を見開いた。知らなかったろう、と左馬之助は笑う。

「知らなくても、芝居を見るには困らねぇ。だが、芝居を書く側ならそこまで知ってなきゃならねぇんだ。肝に銘じておけ」

「はい」

平氏方に味方したということは、九人の兄はみな死んだということか。戦で死なず落ち延びても、二度と表には出てこられなかっただろう。

「それで与一は、十一男坊にもかかわらず、兄の死後、家督を継ぐことになったわけだ」

それは与一にとってよかったのだろうか。思いもしないことだったろう。いや、武家に生まれた男子ならば、天の与えた幸運と、喜んだのかもしれない。兄たちを支えるだけの人生よりも、己にその器があるのなら、一族郎党を率いてみたいと思うのが武家の男子というものだ。

「さて配役だが、武者だからな。もちろん体つきのいいのを選ぶ。鎧に負けちまうと情けねぇからな」

「女形は小舟の女官二人ですか」

「ああ。台詞があるのは的の傍に立つ玉虫御前だけだ。玉虫一人いりゃあ足りるんだが、それじゃ役者が余るんでな。もう一人は彩りさ」

舞台に立てるのはざっと六人。稲荷町の役者の数から考えれば狭き門だ。

「背景は夕陽の幕」

「はい」

「小舟の切り出しが一艘、あとは波だな。大道具はそれくらいだ」

切り出しとは、絵を描いた板の後ろに支えをつけて、さもそれそのものが置いてあるように見せる道具の名だ。舟の場合は側面を描き、その後ろに人が屈めば、あたかも人が舟に乗っているように見えるという寸法だ。

背景には茜色の幕。波は水色の布を舞台の端から端まで渡し、上手と下手にいる者がその端を持って波打たせる。

「まあ、鳴神座が宮地芝居をやってた頃からの脇狂言だからな。話も仕掛けも単純なもんさ」

縁日の際などに、寺社の境内に簡素な小屋を建てて興行をする芝居を宮地芝居という。決まった芝居小屋を持てるほどの一座ならば仕掛けに凝ることもできるが、一時の小屋掛けでは脇狂言にまで気を配れないのだろう。舞台も、今とは比べ物にならないほど狭かったに違いない。鳴神座にもそんな時代があったということが、狸八にはなんだか信じられないのだが。

「あとは与一が矢を射て、扇の的が落ちればいい、と」

「そうさな」

とはいえ、本当に矢を射てはどこへ飛ぶのかわからないので、与一役の役者は何もつがえていない弓を引くだけだ。手を離すと同時に囃子方が琵琶を弾き、続けて矢が扇に当たったと思わせるため、太鼓を一つ叩く。音は高く、弾ませるように叩き、戯場に長く響かせる。

「そして扇は、黒衣が落とす」

「はい」

頭のてっぺんから爪先まで黒い衣裳に身を包んだ黒衣は、小舟の上、扇を載せた竿の足元におり、太鼓の音に合わせて扇を竿から落とすという。

「落とすっつうより、舞わせるんだ。平家物語には、矢は海へ、扇は天へ舞ったとあるからな。正本もそれに倣っている」

狸八は夕暮れの空へと、ひらりひらりと舞う扇を思い浮かべる。与一の矢が射貫いた衝撃は、よほど大きかったのだろう。

「ですが、どうやって」

実際には何の力も加わっていない扇だ。左馬之助は、ううんと唸った。

「それがな、人によるのよ。そのとき黒衣をやるもんによって、扇の裏に糸をつけて、その糸を天井の梁に通して高く浮かせたり、裏に差し金をつけて、おめぇもやった蛍みてぇに動かしたり。手で直に持って、ひらひらっとやった人だっていたぜ」

「手で、ですか」

狸八は驚いて声を上げた。

「それが一番、舞うように動かせるからってな」と、左馬之助は苦笑する。

ひらりひらりと宙を舞わせるのであれば、確かに直に操るのが一番かもしれないが、それでは黒衣が丸見えだ。

「客はどう思うでしょうか」

「まあ、見えないことにするのがお約束、だからな。野暮な声は上げねぇさ」

「それはそうでしょうが」

「そのうちおめぇにも、扇の黒衣をやってもらうことになるだろうからな。考えときな」

はあ、と狸八は曖昧に答える。

「しかし、正本にはそういったことまでは書いていないんですね」

「手法のことか」

「ええ、扇の落とし方です。黒衣次第で好きなようにやっても、先生はかまわないんですか」

左馬之助は大きな目をくるりと回して天井を見上げる。その間も、左手のうちわはずっと動いている。

「先生は気にしてねぇな」

「気にならないもんですかね。ご自分で書かれたのに」

「大事なのは、扇がちゃんと宙を舞うってことさ。宙をひらりと舞って、波間に落ちて漂えばそれでいい。やり方を考えるのは黒衣や道具方の仕事だ。作者の仕事じゃねぇってことなんだろう」

うちわを狸八に向け、左馬之助は思い出したように言う。

「ほれ、いつもそうじゃねぇか」

必ず舞台に雨を降らせろと言うが、その手立てまでは考えない。小屋の裏方たちに丸投げし、やり方が気に入らなければ、不満だけは口に出す。狸八は苦笑いを浮かべた。

「そうでした」

「だろ？　ましてや三十年もずうっと演じ続けてる芝居だ。今さら扇の舞い方ひとつに口なんか挟まねぇさ。それにな、脇狂言は演じるやつの本質がよく見えんのよ」

「どういうことですか？」

狸八が尋ねると、左馬之助はぐいと顔を突き出して答えた。

「毎度おんなじ芝居じゃ、いくら短い脇狂言でも客も飽きる。だから役者もな、話の筋さえ守れば、何をやろうと大概のことは許される」

左馬之助は着物の袖をまくり、腕を叩いた。

「その役者の腕が試されんのさ」

ごくり、と狸八は唾を飲み込んだ。

「稲荷町の役者は、大抵ここから芽が出る。脇狂言だろうが短かろうが、他人との差はもうここで出てるんだ。自分にしかこの味は出せねぇ、そんな芝居ができるやつが頭角を現わす。前のやつと同じ芝居、どっかで見たような芝居をしてるやつぁ、いつまでも稲荷町から抜けられないのさ」

錦太の顔が、ふと脳裏を過った。狸八は思わず頭を振る。

「おうっ、なんだいきなり」

左馬之助が驚いて身を引く。

「いえ、その、蚊がいまして」

己はなんと残酷なことを思ってしまったのだろう。錦太にはよくしてもらっているというのに。錦太は、稲荷町の皆から慕われているというのに。

「向こうの蚊遣りで逃げてきたか？」

左馬之助はうちわでばたばたと周囲を扇いでいる。

「食われちゃたまんねぇな。ほれ、続きをやるぞ」

「はい」

脳裏に浮かんだ顔を消すように、もう一度頭を振る。次に過った顔は、刺すようなまなざしの虎丸だった。

じゃあどうやって這い上がる気だ。錦太さんよ。いつまでもここにいても仕方ねぇだろ。どいつもこいつも踏み台だよ。

虎丸の言っていることは、間違いではないのだ。狸八はさりげなく着物の合わせに手をやった。

芝居は、義経が与一を褒めたたえ、周囲の者も、当たり当たり、大当たりじゃと歓声を上げて終いとなる。そのくだりを左馬之助が、稽古の本読みのように、役になりきって読み上げる。なるほど、興行の当たり祈願には相応しい。

「さぁて、腹も減ったしそろそろ」と、左馬之助が腰を上げたとき、廊下から荒々しい声が聞こえた。

「おい、廊下の真ん中でぼさっとしてんな！　邪魔だ！」

怒鳴（どな）られた誰かは廊下の端へ追いやられたか、弱気な声で、すいません、すいませんと謝っている。狸八もよく知っている稲荷町の数人の声が、がやがやと楽屋口を出ていくが、謝った方の声には聞き覚えがなかった。

「誰でしょう。あんな人いましたか？」

狸八が首を傾（かし）げると、左馬之助が呆（あき）れたように言った。

「先生だよ。二、三日前にまた拾ってきた」

「それはそれは」

己が拾われたときのことを思い出し、狸八は眉を寄せる。

「喜平太（きへいた）って名だそうだ」

「喜平太」

松鶴は縁起（えんぎ）を担（かつ）ぎ、拾った者にめでたい名を付ける。作者部屋の弟子たちの名も、みな松鶴が付けたのだ。だが、喜平太という名は喜ぶという字がついてはいるものの、特段めでたいわけではなさそうだ。

「その名も先生が？」

そう尋ねると、左馬之助は首を横に振った。

「いいや、あいつはもともとその名だったそうだ」

「先生は、拾った者みんなに名前を付けるわけじゃないんですか」

立ち上がり、左馬之助は両手を上に伸びをする。

「ああ。先生は、名前のないやつは一目見ればわかるそうだよ」

胸にちくりと針の刺さったような心地がした。左馬之助は苦笑する。

「本当かどうかわからんがな」

きっと本当のことなのだろうと思う。出会ったとき、松鶴は狸八の顔をじっと見て、名を尋ねもせずに言ったのだ。今日から畠中狸八と名乗れ、と。

「まあ、弟分だと思って気にかけてやってくれ」

「はい」

「今日はここまでだ」

「ありがとうございました」

狸八は頭を下げ、若狭屋へと向かう支度を始めた。

翌朝、作者部屋の神棚を掃除し、榊（さかき）とほおずきの水を取り替えて廊下へ出ると、裏口近くの風呂場から、昨日聞いた声がした。喜平太という男は風呂番のようだ。

風呂釜を掃除して水を汲（く）み、稽古終わりや、本番の終わりに化粧をしたままでは出歩けない役者たちのために湯を沸（わ）かす。それが風呂番の仕事だ。夜も稲荷町にはいなかったから、喜平太は通いのようだ。家があるのは羨（うらや）ましい。

「ええ、はい。ここをこうして擦（こす）ればいいんですね、はい」

昨日は謝っていたので、ずいぶんと気が弱そうだと思ったのだが、どうやら少し違うらしい。

「ここを、こうですね。ああ、本当ですね。垢（あか）がよく落ちます」

いつでも賑（にぎ）やかで慌ただしい鳴神座には場違いなほど、のんびりとしている。

「ああ、きれいになるもんですね」

うれしそうな声が気になり、狸八は廊下へ出て、そっと風呂場の様子を窺（うかが）った。

「そうかそうか、きれいになったか」

応える風呂番の清助（せいすけ）の声には、呆れと苛立（いらだ）ちとがまじっていた。清助は朝のうちに風呂釜の掃除と水汲みとを終えると、昼前には飯を食いがてら、浅草寺まで散歩するのが日課だ。この調子ではいつ出かけられるかわからない。なぜいつも仕事のできない者が風呂番に回されてくるのだろうと、うんざりしていることだろう。

「まあ、おめぇは遅くっても丁寧にやるからかまわねぇ。いいか、俺はちょいとばかし出てくるからな。汚れを拭ってな、水を汲んどいてくれ。風呂のこの辺りまでな。水でいっぱいにしとくんだ」

「へぇ、承知しました。お気をつけて」

　頭に手拭いを巻いた清助が、やれやれという顔でこちらへ向かってくるので、狸八は慌てて稲荷町へと飛び込んだ。今は顔を合わせない方がいいだろう。もう行ったかと暖簾から顔を出して見ると、ちょうど風呂場から、細身の男が両手に桶を提げて出てきたところだった。

　人とぶつからないようにと左右を見回した喜平太は、狸八と目が合うと、愛想のよい笑みを浮かべて会釈した。太い眉も目尻も垂れ下がり、口調に似合うやわらかい顔をしていたが、着物の合わせから覗く体は、骨が浮くほど痩せていた。

「あ、あの」と声をかけると、喜平太は揺らすように頭を下げた。

「どうもお初に。あっしは喜平太と申します。三日前から、こちらで世話になっております」

歳は狸八よりもいくらか若そうだが、せいぜい十八、九といったところか。痩せているせいか、そんなはずはないのに子供のようにも見えるのが奇妙だ。

「俺は畠中狸八です」

「ああ、あなたが」

喜平太はぱっと目を輝かせた。

「お話は聞いております」

「話？」

「ええ。あっしと同じように作者先生に拾われたのに、拾われてすぐ、先生のお付きになったとか」

「いや、喜平太さん、俺はただ」

これは困った勘違いだと頭を掻きつつ、何をやってもうまくできないばかりに作者部屋の雑用になったとは言い出せなかった。喜平太が、きらきらとした目でこちらを見ているのだ。

「喜平太で結構ですよ。作者部屋の方とお近づきになれるなんて、いや、信じられません」

「そんな大袈裟な」

目を風呂場へと逸らすと、銀色に磨かれた風呂釜の底が、日差しを跳ね返していた。まだ桶一杯の水も入れていない。

もうじき昼だ。午後になれば稽古の早く終わった役者から、風呂に入りに来るだろう。こうしてはいられない。

「喜平太さん」

「なんでしょうか」

「早いところ水を汲んでしまいましょう。俺も手伝います。清助さんが戻ってきたら、すぐに焚けるように」

ゆっくりと狸八の言葉の意味を飲み込んだあとで、少し考えてから喜平太は口を開く。そこまでにかかる時の長さがもどかしい。

「よろしいんですか」

「ええ」

「お忙しいのでは」

「なに、今日はこれといった用事はありませんから。さっさと片付けてしまいましょう」

喜平太はうれしそうに頷いた。こんな調子で、ここでやっていけるのだろうか。狸八は呆れつつ、放っておく気にはなれなかった。

ここへ来たばかりの、何をやってもうまくいかなかった頃のことを思い出す。時がかかっても、風呂釜を磨けるだけ喜平太の方がましだ。

「ありがとうございます」

「さあ、行きますよ」

風呂場に転がっていた残りの桶を両手に提げ、狸八は喜平太を促して、裏庭の井戸へと向かった。

「狸八さんはいい人ですね。本当に助かります」

「そんなことはいいですから」

初めのうちはそれぞれが、桶に水を汲んでは風呂釜に空け、また井戸端へと戻るのを繰り返していたのだが、腕も細く、見るからに力のない喜平太は、水を風呂釜へ空けるのも一苦労の様子だった。狸八が水を汲んで戻っても、まだ二つ目の桶の水を空けるところで、あとがつかえてしまう。

「喜平太さん、喜平太さんは水を汲んで、ここまで運んでもらえますか。空けるのは俺がやります」

「でも、そこまでしていただくのは」

「俺はかまいません。今日のところは、とにかく早く終わらせた方がいい」

稽古に間に合わせるのも大事だが、散歩から戻ってきた清助と顔を合わせたくないのだ。

「わかりました」

「よし、ではそうしましょう」

汲んできた水を風呂釜へざあっと空け、空の桶を傍へ置く。喜平太はその桶を持ち、井戸端へと走っていった。狸八はもう一つの水の入った桶を、風呂釜の縁の高さまで持ち上げる。腰を痛めないように体勢は低くするのだが、これがなかなかにしんどい。おまけに普段は縁のない力仕事だ。一息つく間に、喜平太が水の入った桶を持ってくる。続けていると、二人ともすぐに息が上がってきた。

だが、やはり狸八が水を空ける方が早い。あっという間に桶が空になって、喜平太を待つことが増えた。水汲みにもう一人要るな、と考えるが、それでは手伝いの域を越えてしまうのが悩ましいところだ。

喜平太がここで生きていけるようにしてやらないとな。

誰に言われたわけでもないのに、狸八はそんなことを考えていた。あの痩せ方と仕事の遅さを見るに、よそではろくに働かせてもらえなかったのだろうと、勝手に思っていた。勝手に自分と重ね、居場所を作ってやりたくなったのだ。

鳴神座は懐が深い。一座の役に立てることが一つでもあれば、置いてもらえるはずだ。

「すいません、遅くて」

息を切らして喜平太がやってくる。

「やっぱり俺も運びますか」

「いえ、そこまでしていただくわけには……あっしの仕事ですから」

首をぶんぶんと横に振り、喜平太はすぐさま空の桶を提げて井戸へと向かう。

喜平太も必死なようだ。先ほどよりも早く、水を汲んで戻ってくる。狸八もその心意気に応えようと、次から次へと風呂釜へ水を空けた。

桶を置いて一つ息を吐き、また隣の桶に手を伸ばす。持ち上げようとして、桶の軽さに狸八はひっくり返りそうになった。空っぽだ。それは、今しがた水を空けたばかりの桶だった。

「あれ？　喜平太さん？　水は」

応える声はない。そういえば妙に静かだ。廊下へ出るが、小道具方が大梯子(おおはしご)の方で、次の芝居の話をしているだけだった。

「喜平太さん？　どうしました？　どこですか？」

尋ねてみても返事はない。裏口の脇には、空の桶が一つ置いてあった。

まさか、裏庭で倒れているのではないか。

狸八は慌てて草履(ぞうり)をつっかけて裏庭へ出る。水浸しの井戸の脇にも、空の桶が一つ転がっている。だが、肝心(かんじん)の喜平太はいない。何かあったのだろうか。厠(かわや)にもいない。

「喜平太さん、喜平太さん！」

「はい？」

声は、井戸の向こうのつつじの植え込みからだった。ぱきぱきと音を立て、つつじの小枝を折って立ち上がった喜平太の両腕には、大きな縞(しま)の猫が抱えられていた。まるで赤ん坊を抱くように、喜平太は大事に猫を抱えている。

「喜平太さん……？」

狸八は呆気(あっけ)に取られて呟(つぶや)く。

「それは？」

「猫です」

見ればわかる。

「水を飲みに寄ってきたんですよ。かわいくて撫(な)でていたら、どんどん庭の端の方へ行ってしまって。でもほら、抱かせてくれたんです」

狸八は安堵と力が抜けたのとで、がっくりとうなだれた。

「水汲みは」

喜平太が、あっと声を上げると、その腕から猫が滑り落ちた。猫はすばやく裏庭を走り抜け、塀を飛び越えていく。その姿を名残(なごり)惜しそうに目で追いつつ、喜平太は頭を下げた。

「すいません、つい」

「いや、まあ……うん」

なんと答えていいかわからぬまま、狸八はしゃがみ込んで頭を抱えた。

客で賑わう夕時の若狭屋で、狸八の向かいに座る月島銀之丞(つきしまぎんのじょう)は、その整った顔を盛大に崩し、店中に響き渡る声で笑った。歳は十八。女形の楽屋が並ぶ中二階に、数名で使う楽屋を持つ役者だ。

「水汲みの途中で猫かぁ、おもしろいな！」

手にした箸の先が、笑い声に合わせて空を切る。狸八は冷たい水でよくしめられたざる蕎麦を、猪口のつゆに浸す。

「俺は本当に心配したんだ。それが、猫とは」

「それで？　そのあとはどうしたんだ」

先を促し、銀之丞もようやく蕎麦に手を付ける。あのあとのことを思い出し、狸八は眉間にしわを寄せた。

「清助さんが戻ってきちまって」

「ほう」

「事情を話したんだが」

「そんで」

「二人とも怒られて、俺までそのまま水汲みをさせられた」

どうにか蕎麦を飲み込んでから、銀之丞はまた、ぶはっと笑った。

「そりゃあついてなかったな」

「まったくだ」

蕎麦のうまさにいくらか慰(なぐさ)められたが、かえってどっと疲れが出たような気がする。

「風呂番の喜平太ねぇ」と、銀之丞は首を傾ける。その仕草(しぐさ)は役者らしく、見栄えがよく、やや大袈裟だ。

銀之丞は夏芝居が松鶴からも認められ、次の芝居でも娘の役をもらった。台詞もある。だが、本人の心持ちは複雑なようだ。娘役ばかりでなく、立役(たちやく)がほしいのが本音だろう。

「悪いやつじゃあねぇんだけどな、あいつ」

「話したことがあるのか？」

蕎麦を頬張ったまま、もごもご狸八は尋ねる。

「ああ。俺が出てる芝居を見たことがあるらしくてさ」

「へぇ」

喜平太は芝居好きなのだろうか。意外な気がした。

「褒めてくれたよ。素晴らしい役者ですね、とかなんとか」

だらしない顔の銀之丞が思い浮かんで、狸八はげんなりとする。

「な、なんだよ」

「いや、何も言ってないだろ」

「言ってるようなもんだろ、その顔は。でもさ、喜平太が悪いやつじゃねぇってのは狸八もわかるだろ？　な？」

言い訳のように矢継ぎ早に言う銀之丞に、狸八は頷いてまた蕎麦に箸を伸ばす。

「まぁな」

銀之丞の言う通りだ。仕事は遅いが、不真面目なわけではない。のんびりしているのは生まれ持っての気性だろうし、力がないのは、あれだけ痩せていれば当然だ。若狭屋で食った分ならば、払いは一座持ちになる。ここで飯を食ううちに、肉と力がつけばいいのだが。

「けど、誰でも褒めすぎだ」

「そうかな」

それに、と狸八はため息をつく。

喜平太が猫を抱えてつつじの植え込みから出てきたとき、弟の徳次郎の姿が重なり、とても叱る気にはなれなかった。気性の穏やかさもどこか似ていて、生家の、椿屋での日々を思い出す。

無論、このことは銀之丞には言えない。

猫は仕事が終わってからにしてくれと、喜平太にせめてそう言えればよかったのだが、抱えた猫を、赤ん坊をあやすようにゆすっていたのがあまりにものどかで、それすら口に出せなかった。

「なんつうかさ、ほっとけないやつだよな」

銀之丞が、しゃきしゃきと小気味のよい音を立てて生姜の漬け物を食いながら言う。それはそうだと狸八も思う。

「銀も、何か手伝ってやったのか」

「ん？」

「褒められた分だよ」

銀之丞の口から、ぽろりと生姜の欠片が落ちた。それを指にとってまた口へと運ぶその顔はやや赤い。

「なんだよ、いいじゃねぇか」

「悪いとは言ってないだろ。で？　何をしてやったんだ？」

「中二階の案内を」

「ああ、なるほど」

「衣裳方と小道具方、あとは床山だけだけどな。女形の楽屋には誰もいなかったし。小道具方も雷三さんはいなかったな。春鳴さんとはちっと話したけど、春鳴さんは、ああいうのろいのは好きじゃないからなぁ」

なんとなくわかる。春鳴自身がきりりとしているせいか、衣裳方にはてきぱきと要領よく仕事をこなす者が多い。

「宗吉さんとは馬が合ったみたいだぞ」

「床山の」

「鬘の結い方の話なんかもしてたから」

「へぇ」

「あとはまあ、一座の皆の話をして」

ん？　と狸八は眉を寄せる。

「もしかして、喜平太さんに俺の話をしたのは銀か？」

先ほどの仕返しでもしたような顔で、銀之丞はにたりと笑った。

「おうよ。作者部屋の畠中狸八と名乗る者、無一文にて拾われたにもかかわらず、松鶴先生に見込まれし、なんと十年に一人の逸材よ、ってな」

芝居がかった調子ですらすらと言葉を並べ立てる。

「お前は……」

　呆れて二の句が継げない。

「百年に一人の方がよかったか？」

「ばかを言うな」

「だろ？　それに十年に一人くらいならさ、なれるかもしれねぇし」

「なれるか」

「先のことはわからねぇさ」

　本気かどうかわからぬ目で、銀之丞は、へへっと笑った。そこへ、作者部屋の仕事を終えた金魚がやってくる。まだ十三の金魚は、稽古のあとに松鶴たちが行く料理屋へは、あまり連れて行ってもらえないらしい。もっとも、連れて行ってもらえない理由は、左馬之助の話していたように、歳とは違うところにあるのかもしれないのだが。

　銀之丞を奥の席に押しやって、金魚はその隣に座る。

「うまそうですね」

「うまいぞ。遅くまでご苦労さんだな」と、銀之丞も蕎麦の載ったざるやら猪口やらを、奥へと寄せながら労（ねぎら）った。

「次の脇狂言の配役が決まりましたよ」

「お、与一は誰だ？」

金魚は若狭屋の娘の多喜に、蓮根の入った稲荷寿司と蕎麦を注文すると、体を斜めにこちらへ向けた。

「与一は虎丸さんです」

「虎丸さん……」

「おお、虎丸か」

銀之丞がにやりと笑った。

「早ぇな、早ぇ。あいつは出世が早ぇかもしんねぇな」

そう言うと箸を置き、額の辺りを掻きながら小さく、くそ、とこぼした。

「あいつ、いい芝居するからな。体がでけぇから見栄えもいいし、声もいい。化粧も似合うんだよなぁ」

うれしそうに悔しそうに、銀之丞は虎丸を褒める。

「銀は、与一の役は？」

銀之丞は首を横に振って言う。

「俺は平氏方の女官を何度か。あと、一度だけ重忠を」

「そうか」

中二階や三階の役者が脇狂言に出ることはほとんどないという。つまり、稲荷町にいる間に演じることがなければ、たとえそのあと出世したとしても、与一を演じる機会はなくなるのだ。

女形として芽が出れば、なおさらそうだろう。女官役をきっかけに本狂言に出られるようになったとしても、銀之丞は不本意なのだ。配役を決めるのは作者部屋の人間だ。脇狂言に出ている頃から、その者をいずれどんな役者に育てたいかは、作者部屋の者が見立てている。

「ほかは？」と、狸八は金魚に向かって尋ねる。

「九郎判官義経に市之助さん、畠山重忠に錦太さん。那須十郎が甚六さんで、玉虫御前が藤吉さん、もう一人の女官が山瀬さんですね」

「そうか」

並んだ名は、稲荷町の中でも年季の入った役者ばかりだ。

虎丸が鳴神座へ来てから、二年経っていないという。銀之丞の言う通り、出世が早いのは間違いないようだ。金魚の前に蕎麦と稲荷寿司とが運ばれてきて、よほど腹が減っていたらしい金魚は、多喜に礼を言って稲荷にかぶりつく。だが、すぐに思い出したように口元に手を当て、こほんと咳払いをした。

「それと狸八さんには、平氏の舟の扇を落とす黒衣を」

「俺が？」

こくりと金魚は頷く。

「よろしく頼みます」

「ああ、わかった」

答えて生姜の漬け物を口に運んでいると、銀之丞と金魚が顔を見合わせた。

「ずいぶんあっさりしてんな」と、銀之丞が言う。

「何がだ」

「俺にできるかって、言わねぇのか」

「夏興行のときには青ざめてましたよ」

「そりゃそうさ。あのときは梅之助さんの後見だったし」

初めての黒衣で、立女形と二人だけで舞台に立ったのだ。それも最後の幕だった。千穐楽まで全うできたのが嘘のようだ。だが、あのときの経験があるからこそ、二度目の黒衣に怯えることもない。おまけに、今回は脇狂言だ。

「虎丸さんはまだましさ。おっかねぇはおっかねぇけどさ。こっちの心持ちが違う。それに俺だって、少しはうまくなってると思うんだがな。黒衣がさ」

「へえ、そうかい」

銀之丞がわざとらしく目を細めた。

「なんだ、その顔は」

「いやいや、なんでもねぇさ」

銀之丞の態度にむっとして、狸八は金魚の方へ向く。

「扇をどうやって宙に舞わせるかは、黒衣によっていろいろだと左馬さんから聞いたが」

「ええ、そうです。糸で吊ってもいいですし、差し金でも構いません。何か考えはありますか？」

「そうさなぁ」

狸八は若狭屋の天井に目をやる。湯気と煙とに蒸され燻(いぶ)されて、梁はなんだか鰹節(かつおぶし)のような、うまそうな色合いになっている。

「糸かな。舞台の上の梁を通して。その方がうまく舞いそうな気がする」

「いいと思いますよ。小道具方に話しておきますよ」

「ああ、ありがたい」

「糸の稽古は初めてですね。前のときみたいに、しっかり稽古を積んでくださいね。差し金よりも扱いづらいですから」

「わかってるさ」

銀之丞は卓に肘をついて顎を手にのせ、窓の外を見ていたが、何を思ったか、けっと一度息を吐いた。顔の見えぬその仕草を、狸八は特に気にも留めなかった。


翌日から、脇狂言の稽古が始まった。中二階のさらに上、三階にある稽古場は、本狂言の稽古に使っているため、脇狂言の稽古は、稲荷町や裏庭、大道具方が使っていないときに本舞台を借りて行なわれる。

狸八は初めは一人で、本舞台の端を借りて扇の稽古をしていた。ほかに天井の梁がむき出しになっている場所がないのだ。真紅の地に金の日の丸の描かれた扇に長い糸をつけ、反対の端に重りをつけて、梁の上へと放り投げる。何度かやってもうまくいかなかったので、身軽な大道具方の亀吉に頼んで、梁に上がって糸を通してもらった。

糸は扇の上のところにつけると、上から吊られているのが丸わかりだった。いくら糸を引いて弾みをつけても、要の方が重い扇は、前後にぶらぶらと揺れるだけで、舞っているようには見えないのだ。そこで、狸八は糸を扇の要の金具につけることにした。そうすると糸で吊ったときの重心が変わり、前へ倒れたり逆さにひっくり返ったりと、舞っているように見えるのだ。

「うん、いいんじゃないか」

糸を繰りながら、狸八はそう呟いた。

本番では、与一役の矢を放つ仕草に合わせて、琵琶が奏でられる。ビィン、という、あの独特な音色の終わりに、射たれた扇が宙に舞う。

矢の当たる瞬間の扇を思い浮かべ、狸八は糸をぴんと引く。それまで吊られたままぴたりと止まっていた扇が、弾かれたように飛び跳ね、舞う。最後は糸を長く垂らして、海へそっと落とせばいい。

うまくいっている。狸八の顔に、自然と笑みが浮かんだ。

やはりそうだ。ここに来て、自分は成長している。できることが増えている。この半年、作者部屋の雑用をしながら、稽古や本番を見てきたことが活かされているのだ。鳴神座の裏方らしくなってきたと思うと感慨深くもある。

いよいよ虎丸と合わせることになったのは、総ざらいの三日前だった。というのも、今回の興行の目玉である『流六七薄ヶ原』には、大道具の大掛かりな仕掛けがあり、戯場も本舞台も、ずっと道具方の作業のために使われていたのだ。それはめずらしいことでもなく、稲荷町の役者たちもまた、脇狂言には毎度役を替えて出ているものだから、それを大ごととは捉えていなかった。稲荷町でも裏庭ででも、本舞台と花道とを思い浮かべながら演じることはできる。何かあれば、以前にその役をやった役者も助言する。

数回の通し稽古ができれば、手応えはすぐに摑める。

見物席の正面、平土間から見て舞台の右、上手奥の幕だまりと呼ばれる場所には衝立が置いてあり、その向こうには囃子方が控えている。三味線も尺八も要るが、この演目では琵琶と太鼓が特に大事だ。遠く沖の的を射る弓弦の音には三味線では音の深みがやや足りないし、なんといっても平家物語だ。琵琶以上に合う鳴り物もない。

本舞台の上には浅葱色の布で海が作られ、使い込まれた切り出しの舟が一艘浮かんでいる。飾り立てられた舟の上には女官役の藤吉と山瀬とがいるが、二人とも女の格好はしておらず、ただ肩を下げたり斜めにしたりする体の見せ方と仕草とで、女を表わしている。

「あれが源氏の九郎殿か」

何か勝ち誇ったような笑みを浮かべてそう言うと、玉虫御前役の藤吉は、優美に手招きをした。明かり取りのために開けられた窓から風が吹き込み、その袂を揺らす。狸八は舟に隠れるように体勢を低くし、梁に通された糸を握っている。扇は竿に軽く固定されているだけなので、射落とされる前に糸を引いて動かしてしまわないように気を付ける。

花道の上では、女官の挑発に四人の男が顔を見合わせた。先頭に立っているのは、源義経役の市之助だ。落ち着いた佇まいからも武家らしさを感じる、稲荷町一番の役者だ。

実際には馬に乗っているはずの場面だが、そこは省いている。馬を人が演じる際は、馬の被り物の下に、獅子舞のように前後にそれぞれ別の人間が入り、馬の脚を演じる。人が騎乗するためには馬の被り物も頑丈に作らねばならないし、それを四頭用意するとなると、馬の脚だけで八人の人間を揃える必要がある。おまけにそもそも、そんな大人数が並べるほど花道は広くない。そのため、四人の武者はいずれも徒である。

「重忠、扇の的を射てみせよ」と、義経が沖を指差すが、錦太の演じる畠山重忠は否と言う。

「何卒、ご容赦を」

坂東武者の鑑と呼ばれた男の返答に鼻白み、義経は次に下野の武将、那須十郎を指名する。だが、那須家の当主は首を横に振る。気の短い義経は怒りを顕わにし、誰かおらぬかと激昂する。そしていよいよ最後に名を呼ばれたのが、十郎の弟の与一だ。十九の若武者は、震えながらも立ち上がる。

「承知、仕りました」

立ち上がった虎丸は、義経よりも上背があり、肩もがっしりとしている。那須与一は小柄だったと言われているが、花道に立つ虎丸はいかにも若武者らしく、皆が言うように人の目を集める風貌だ。しかし、その表情は強張っている。それは、しくじれば腹を切る覚悟で臨んだという那須与一の顔だ。

日の丸とは古くから帝の象徴だ。撃ち抜けば逆賊、外せば屈辱。どちらにせよ命はないのだ。ただ一つ生き残る道は、扇の要を射貫くこと。与一にはこれしか手立てが残されていなかった。玉虫御前の勝ち誇った顔の理由がこれだ。

二月の海は荒れている。波打ち際へと進み出た与一は、下野の神々に成功を祈ると、舞台へ向け、大きな動きで弓を引いた。弓が三日月のようにしなっている。矢はつがえていなくとも、狸八にはそこにはあるはずの切り斑の鏑矢が見えた。濃い色と薄い色の羽根を組み合わせ、縞のように見せた矢羽根に、先端は鹿の角から削り出した二股の鏃である。

切り出しの舟に潜む狸八は身を屈める。後方から、琵琶を持つ囃子方の息遣いが聞こえた。狸八も手に力を込める。

ビィイィン、と琵琶の音が舞台に響く。その刹那、狸八は糸を引いた。竿から浮き上がった紅の扇は、要を中心に前後にふらふらと揺れたあと、くるりと逆さになったまま、波間へと落ちていった。

ずんずんという足音には、すでに怒りの色が顕わになっていた。狸八は部屋を見回すが、作者部屋には隠れられる場所などない。せめて座布団でも頭から被ろうと手を伸ばした瞬間、ほとんど叩きつけるように障子が開いた。

「てめぇ、どういうつもりだ！」

虎丸の顔は真っ赤だった。

「いや、その」

「なんだあの扇は！　俺の芝居を台無しにする気か、てめぇ！」

「ひっ、す、すみません！」

狸八は畳に額を擦りつける。虎丸がいくら怒鳴っても、二階での稽古に皆が出払っている今、助け船を出してくれる者もいない。三度の通し稽古のほかに、弓で射る場面だけを何度か合わせたが、最後まで虎丸との間合いは合わず、扇の動きもうまくいかないまま、大道具方に舞台を明け渡すことになってしまったのだ。虎丸の怒りが収まるはずもない。

「何もかもだめだ！　てめぇ今まで何してやがった！　このくそが！」

頭を下げたまま、狸八は呻(うめ)くように言う。

「稽古はしたんです」

「あれでか？　誰かが、あれでいいとてめぇに言ったか？」

狸八は答えに詰まる。誰にも、稽古の様子を見せていない。蛍のときのように、銀之丞や金魚を呼んで見せたり、小道具方に教えを乞うたりといったことをしなかった。

「あ、いや」

「誰からも認められねぇなら、稽古してねぇのと同じなんだよ！」

あまりにも痛いところを突かれ、唇を嚙(か)んだ。

「おいてめぇ」

　ざっという音とともに、顔のすぐ前に虎丸の足が見えた。思わず顔を上げた途端、強く胸倉を摑まれる。

「聞いてんのか！」

「そのくらいにしてやってくれ、虎丸」

　静かな声がした。神妙な面持ちで作者部屋の入口に立っていたのは、銀之丞だった。虎丸が吐息で笑ったのがわかった。

「なんだ、大根の銀じゃねぇか」

　虎丸の挑発には乗らず、銀之丞は作者部屋へと入ってきた。

「稽古はどうした」

「俺は、頭の方しか出ないからな。それより、そら」

　銀之丞がこちらを指差すと、虎丸は舌打ちを一つして、狸八を突き飛ばしながら手を離した。

「俺だって弱い者いじめがしてぇわけじゃねぇ」

　畳に尻もちをつき、虎丸を見上げながら、狸八はなぜかひどく胸が痛かった。

「連れを庇いてぇんだろうが、こいつが何をしたか」

「わかってる」

銀之丞の声は低い。

「見てねぇだろ、おめぇは」

「見なくてもわかる」

「だったら」

「少し、時をやってくれ。総ざらいまでには何とかする。そうさせる」

まなざしは真剣で、声は地に杭を打ち込むような重さがあった。さすがの虎丸も口を閉ざす。虎丸の方が一回りも大柄なのに、今は銀之丞の纏う気迫が上回った。

「総ざらいまで三日だぞ。それまでにどうにかなると思ってんのか」

「どうにかするさ。必ずだ。狸八は舞台から降ろさせない。必ずやらせる」

腕組みをして、銀之丞は虎丸を見上げた。

「ああそうかよ。じゃあできねぇときは、俺が舞台から引きずり下ろす。それでいいな」

銀之丞は是と答えた。けっ、と吐き捨てるように言って、虎丸は作者部屋を出ていった。足音はまだ怒り狂っている。音はそのまま、下駄をつっかけて外へと出ていった。

「銀」

名のあとになんと言うべきか、狸八は迷う。すまない、も、ありがとう、も違う。この情けなさを表わす言葉などない。

「狸八」

先に口を開いたのは銀之丞だった。

「どうして俺や金魚のところに来なかった」

狸八は顔を上げる。立ち上がろうとしたのに、足の力が萎(な)えるように抜けていった。

「蛍のときには、しょっちゅう金魚や文四郎(ぶんしろう)さんのとこへ行って教えてもらってたな。毎晩、本物の蛍を見にも行ってた。俺と金魚を呼んで、これでいいかと舞台でやって見せたこともあった」

あ、と狸八は声にならない息を吐いた。

「なんで俺たちのところへ来なかった。なんで小道具方のところへ行かなかった。扇をやった黒衣は、ここに何人もいる。もちろん金魚もだ。福郎さんと左馬さんだってやってる。小道具方にはもっといる。なんで誰にも訊かなかった」

「左馬さんには」と言いかけ、狸八は唾を飲み込んだ。

「左馬さんには、聞いてたから」

銀之丞が片方の眉を撥ね上げた。

「今までの黒衣が、どんな風に扇を操ってたか、ちょうど教えてもらったばかりだったんだ。だから」

「それで、できた気になったのか」

胸の奥深くを、刺すような痛みが走った。

「違う」

思わずそう言ったが、銀之丞の目はその言葉を信じてはいなかった。狸八とて、嘘だと知っている。

胸が痛むのは図星を突かれたからだ。

「できると、思ったんだ。俺にも」

「どうして」

間髪入れずに銀之丞は尋ねる。

「それは」

「蛍はうまくいったからか」

狸八は目を見開く。目の高さを合わせるように、銀之丞はしゃがみ込んだ。

「大詰に出たからか。満員の客の前でも、相手が梅之助さんでもうまくやれたからか。客の少ない脇狂言なら、稲荷町が相手なら、簡単だとでも思ったか」

「そんなこと思っちゃいない！」

顔が一気に熱くなった。熱い。火が出るようだ。情けなくて涙が出てきた。目を逸らさず、表情も変えずに、銀之丞はすべてを見透かしている。狸八はいたたまれなかった。穴があったら入りたいとはこのことだ。

己では気付いてすらいなかったのに、こうして並べ立てられると、反論のしようがなかった。ただ口先だけで、違う違うと繰り返す。

「なあ狸八」

びくりと肩が震える。

「さっき、虎丸が言ってたな。誰からも認められねぇなら、稽古してねぇのと同じだって。あれな、間違っちゃいねぇんだ。虎丸は、言い方はきついけど、言うことは結構当たってんだ」

それはわかる。知っている。

「俺たちは、一人じゃなんにも作れねぇんだ。役者が一人ぽつんといたって、何にもなりゃしねぇ。裏方だってそうだろ? 役者がいるから仕事がある。芝居はみんなで作るもんだ。そんで、俺たちの値打ちを決めんのは、客と世の中だ。見るもんが決めるんだ。わかるよな」

俯くように頷いた。わかっていたはずだった。

「あの扇はな、花道からが一番よく見える。だから、役者からはすぐわかるんだ。黒衣の腕も、黒衣が何を思ってやってるかも」

銀之丞は立ち上がった。下から見上げる銀之丞は、いつもより大きく見えた。

「虎丸を一番大事な客だと思ってやってみな」

「客」

「ああ。空を舞う扇を一番見たいのは与一で、その次は義経と重忠と十郎さ。与一の命が懸かった扇だからな。それに、知ってるか? 平家物語の続き」

銀之丞は障子に手を掛けると、こちらに背を向けたままで言った。

「空に舞った扇を見て、平氏の武者たちが踊り出すんだぜ。敵なのにさ。それだけ見事だったんだ」

少しだけ顔をこちらへ向けたのは、笑いかけようとしたのかもしれない。しかし、引きつったぎこちない横顔だけを残して、銀之丞は行ってしまった。謝ることも、礼を言うこともできなかった。だが、銀之丞が求めているのはそんなことではないだろう。もっと、もっと高いところまで行かなければ。

狸八は、頭に被ろうとしていた座布団に顔を押し付けると、しばらくの間、声を殺して泣いていた。しゃくりあげる声に重なるように、やがて蜩（ひぐらし）が、念仏でも唱えるように鳴き始めた。

二、当たれ当たれ

その晩、狸八は稲荷町へは帰らなかった。作者部屋で寝泊まりしている金魚に頼み、しばらくは作者部屋で寝起きさせてもらうことにしたのだ。金魚も事情は粗方(あらかた)聞いていたらしい。いいですよ、と言ったあとで、こう付け足した。

「でも、稲荷町でも堂々と眠れるようになってくださいね」

その一言は、ずしりと重かった。堂々と眠れるようにとは、つまり、己の役目を果たせということだ。以前から、金魚は繰り返し口にしてきた。役目を果たせぬ者は、この鳴神座にはいらないのだと。

福郎たちの机を隅にどけ、座布団を並べて横になったが、眠れるはずもなかった。お決まりの場所らしい角の寝床で、金魚はすうすうと寝息を立てている。

狸八は意味もなく何度も寝返りを打つ。窓の障子が月明かりに青白く光り、目を閉じていても瞼(まぶた)の裏がぼんやりと明るい。目を開き、海の底はこんな色だろうかと、気を紛らわすようにそんなことを考える。竜宮城の乙姫は、さぞや青い顔に見えることだろう。そう思って少しだけおかしな心持ちになる。

光に目が冴えてきて、狸八は眠ることを諦め、部屋の中を見回した。昼間とは打って変わって、静かなものだ。作者部屋だけではない。小屋全体が眠りについている。騒がしい稲荷町も、賑やかな道具方の仕事場も、やがて来る朝を待っているのだ。

固まった体をほぐそうと腕を伸ばすと、丸まった紙に触れた。手で探るといくつもある。松鶴の机の下だ。丸めた書き損じは朝の掃除で片付けたはずだが、同じものを、松鶴は今日もたくさん生み出したらしい。本人は九枚書き損じてやっと一枚書けると言っていたから、これは、その一枚のための九枚なのだろう。

広げると、それは書き損じた文字の列を塗り潰した、縞模様の紙だった。何を折ろうかと考える。鶴を折ろうかとも思ったが、その縞は虎の模様にしか見えなくなってしまった。一つため息をつくと、狸八は座布団に肘をついてうつ伏せになり、枕元で紙を折り始めた。

虎の折形は知らないが、猫も縞の紙で折れば虎になるだろう。折りながら、何度もため息をついた。思い出したのは、左馬之助の言葉だった。

脇狂言は演じるやつの本質がよく見えんのよ。

その役者の腕が試されんのさ。

試されるのは役者だけではないのだ。どうやって、どうやって扇を演じよう。相談したくとも、金魚はとっくに眠っているし、おそらくは、訊いても自分で考えろと言われるだろう。金魚は親切だが、甘さと優しさの違いは知っている。

折り上がった、太い縞模様の猫を眺める。猫は猫で、虎にはなれなかった。

どうするかなと呟いて、狸八は座布団に突っ伏した。自分にできるとしたら差し金だ。差し金で、蛍のときのように扇を操ればいい。だが、動き方はまるで別物だ。扇を、要を射貫かれた扇を、演じることができるだろうか。

月が傾き、部屋の中の藍色が濃くなった頃、狸八は縞の猫を握ったまま、ようやく眠りに落ちていった。

翌朝、作者部屋の掃除を終えると、狸八は一番に中二階の小道具方のところへと向かった。部屋へ入ると、小道具方は稽古の支度に追われていた。

「すみません、差し金をお借りしたいのですが」

深緑の暖簾をくぐり、弱々しい声でそう言うと、以前も世話になった文四郎が振り向いた。四十近い、大酒飲みでいつも陽気な男だが、今日はやや疲れている様子だった。小指の爪で頭を掻き、何を言うでもなく、文四郎は部屋の隅の箱を指差す。箱には、針金を数本束ねて黒い紙を巻きつけた、長さもばらばらな差し金が、ひとまとめにして差してあった。

「好きに使いな」

「ありがとうございます」

持ってきた日の丸の扇を広げ、差し金の長さとしなり方とを見ながら、どれがいいかと見繕（みつくろ）っていると、文四郎が後ろに立っていた。

「与一のか」

「はい」

「今頃かい」

うっと狸八は返事に詰まる。

「虎丸が荒れてたと聞いたが」

「その、稽古でうまくいかなくて」

「そうかい。そいつは参ったな」

文四郎の声に責める色はなかったが、それゆえに呆れているようにも聞こえた。どことなく声が冷たい。

「虎丸も必死だからな」

「そのよう、ですね」

本人に聞かれたら、他人事のようだとまた胸倉を摑まれかねない。狸八は差し金の先に扇をつけ、動かそうとしてみるが、どうにもよくない。扇は舞台で映えるように、普通のものより一回り大きいのだが、それでも差し金の方が重すぎて、釣り合いが取れないのだ。

扇の上の一点だけを差し金の端に固定し、要の重さを利用してひらひらと揺らしながら落とそうと思ったのだが、これでは差し金を揺らしても、扇までうまく伝わりそうにない。

「文四郎さん」

「なんだ」

「これ、紙を解いて針金の本数を減らしたら、もっと柔らかくしなるでしょうか」

そうさなあ、と呟いて、文四郎は狸八の横にしゃがみ込む。

「軽くはなるさ。だが、しなりはあんまり変わらねぇな」

「そうですか」

「ああ。そうだ、そこにほれ、蝶（ちょう）がある」

文四郎は立ち上がると、棒状の小道具が置いてある棚をがさがさと探し、紫色の蝶のついた、三尺ほどの細い差し金を持ってきた。太さは竹串ほどだ。受け取り、狸八は蝶が飛ぶように軽く揺らしてみた。

「な、あんまり変わらねぇだろ」

「たしかに」

先にしっかりと固定された紙の蝶には重りが仕込んであり、差し金はややしなるが、この細さの差し金に扇をつけても、今度は扇の方が重くて釣り合いが取れなくなる。舞うように動かすのは難しいだろう。

「もっと、扇がぶら下がるようにしたかったんですが」

糸で吊ったときの扇の動きはおぼつかなかったが、そのおぼつかなさこそが、空を舞う扇には必要なのではないだろうか。狸八は考える。

「糸で吊ったときのようにふらふらと動いて、でも、それをある程度こちらの手元で操りたいんです」

文四郎は頷いた。

「なるほどな。糸は梁を通したのか」

「ええ」

「あれだと、思い通りにはいかねぇな。風も厄介(やっかい)だ」

たしかに、舞台での稽古のときは横風も扇に当たっていた。光を入れるため、東西にある窓は必ず大きく開ける。本番は朝方で風は弱いだろうと高(たか)をくくっていると、痛い目を見るかもしれない。

そうこう悩んでいるうちに、文四郎は呼ばれて行ってしまった。狸八は差し金の箱の前にあぐらを掻き、頭を抱えた。

差し金ならば、蛍のときに身に付けた腕でどうにかできるのではないか。そう思って来たのだが、そもそも差し金が扇に向かないのであれば、一から考え直しだ。

狸八は真紅に金の日の丸の扇を見つめる。きらきらと光る日の丸の輝きを、あの薄暗い戯場で活かすならば、やはり揺れ方は大事だ。その点、糸はよかったのだ。

糸のいいところと差し金のいいところを合わせられないだろうか。

糸と、棒。

あっと、思わず声を出しそうになる。もしや、あれならうまくいくのではないか。部屋の中を探すが、ここにないとわかると、またあとで来ます、と言い残し、狸八は小道具方の部屋を出た。

大梯子を駆け下り、狸八は楽屋口の下駄をつっかけて表へ飛び出す。

目当ての場所は釣具屋だ。細い釣り竿と糸とを使えば、扇をより本物らしく操ることができるのではないかと考えたのだ。釣り竿に使う矢竹は、差し金よりもよく、深くしなる。差し金では表わせない柔らかな動きができるかもしれない。

心配なのは財布が軽いことだが、足りなければそこはそれ、鳴神座にツケてもらえばいい。釣具屋は浅草の花川戸にある。花川戸町は浅草寺と隅田川との間にある町だ。頃合いの短い竿が置いてあるかわからないが、とにかく近いところから当たってみるしかない。

蔵前の鳴神座を出て北へと走り、寺社町の裏通りを抜けて浅草三間町を東へと通り抜けると、吾妻橋へと出た。あとは右手に隅田川を望みながら、川上へと上れば花川戸だ。

川沿いは水の匂いが濃かった。夏には日に熱された土の匂いの方が強いのだが、秋が近付くと冷えた風が土を冷まし、同時に川の匂いを運んで来る。冷たい川風は汗ばんだ体に心地よく、鼻から吸い込むと、頭から下へと順々に、体の奥深くまで冷ましてくれた。

狸八はしばし、川沿いをゆったりと歩く。何度も、腹の底まで冷えるようにと、繰り返し息を吸っては吐く。

昨日からのことを何度も思い返す中で、一際強く、頭にこびりつく言葉があった。狸八の胸倉を摑んだ虎丸が、その手を離しながら吐き捨てるように放った言葉だ。

俺だって弱い者いじめがしてぇわけじゃねぇ。

弱い者。

己が虎丸からそんな風に思われていたのだと、狸八はあのとき初めて知った。半年前に入ったばかりだからか。作者部屋の見習いだからか。

いや違う。一人では、何もできないからだ。

虎丸はそれを見抜いていたのだと、狸八はため息をつく。その通りだ。銀之丞や金魚や、教えてくれる者がいなければ、稽古もできない。一人では何もできないと、気付くことすらできなかった。

ふと、喜平太の顔が浮かんだ。弟にどこか似ている喜平太を、これからも面倒見てやろう、一座にいられるように手助けしてやろうと思っていたのに、それどころではなかった。自分のこともろくにできないのに、何が他人の面倒を見るだ。そう思うことすら、驕(おご)りだったのだ。

狸八は気を落ち着かせようと川の方を向いて深く息をした。その後ろを、なにかかさかさと、不思議な音が通り過ぎる。

見ると、うちわ売りだった。肩には四尺余りの、二本の細い竹を担いでいる。うちわはその二本に跨(また)るよう、逆さにして、骨組みの隙間(すきま)に竹を通してぶら下げられており、数枚が互いに擦れてはかさかさと音を立てる。竹はよく使い込んでいるらしく、飴(あめ)色に光っていた。

あの竹、使えるかもしれない。そう思ったときには、声が出ていた。

「あの、そこのあんた」

うちわ売りが足を止めて振り返る。ぼさぼさの長い髪を紐(ひも)で括(くく)っただけの、黒い着物を纏った男だ。歳は二十を過ぎたくらいだろうか。見てくれから、堅気(かたぎ)ではなさそうだとわかる。

「客か？　うちわなら十文(もん)だよ」

「あ、いや」と、狸八が口ごもると、男は笑った。

「いらねぇか。それもそうだ。この風だ」

男は波の立つ川面を見て目をすがめた。風が男の髪を揺らしていく。

「その、俺がほしいのはその、竹の方で」

「竹？」

男はうちわのぶら下がる竹を肩から降ろしてしげしげと眺める。細さを見るに、矢竹ではなく篠竹かもしれない。矢竹よりも細く、釣り竿にするには心許ない。男もそう思ったようだ。

「この竹か？　何に使うんだ？　こんなんじゃ小魚しか釣れねぇぞ」

「いやその、釣るは釣るんですが、扇を」

「扇？」

男は目を丸くしたあと、何を思い浮かべたか、にやりと笑った。

「おもしろそうだな。あんた、何者だ」

「鳴神座の、者です」

「へぇ……芝居小屋か」

そう呟くと、うちわを通したままの竹を、ぐいとこちらへ差し出した。

「いいぜ。やるよ」

「え、いや、買いますよ」

狸八はそう言ったが、男は押し付けるようにうちわごと竹を渡してくる。狸八は思わず受け取った。

「いいっていいって。うちわ売りな、ちょうど今年でやめようと思ってたんだ。あんたにやったらおもしろそうだ。ついでに売れ残りももらってくれ。今年はもういらねぇだろうけど、来年にでも使ってくれよ」

その男の足元で、いつの間に現われたのか丸々と太った黒猫が、にゃあんと一声鳴いた。首には、金の鈴を通した赤い縮緬（ちりめん）を巻いている。

「なんだお前、こんなとこにいたのか。はは、出先で俺を見つけりゃ楽ができると思ってやがるな」

呆れたように言う男を見上げ、黒猫は目を細める。男が抱き上げると、猫はもがくでもなく、憮然として腕の中に収まった。

「じゃあな」

手を上げて、男は浅草寺の方へと歩いて行ってしまった。狸八は渡された竹を見る。一本でよかったのだが、二本とももらってしまった。それに、うちわまで。

うちわの柄は、何とも奇妙なものばかりだった。うちわの絵柄と言えば、涼しげなものを描くと決まっている。たとえば朝顔とか清流を泳ぐ鮎だとか、見て涼しくなるものが好まれるのだが、男のうちわは、茶色の蛙が着物を着て花火を見上げているのだとか、黒猫に餌をやる娘だとか、上手いのだがおかしな柄ばかりだった。おまけにすべて墨一色の墨絵だ。

この猫、さっきの猫だろうか。

そんなことを思いつつ、狸八はうちわをすべて外して脇に抱えると、竹のしなりを確かめた。思った通り、篠竹だ。使い込んであるからか、よくしなる。竹は一本では細く、うちわを通しても先からするりと落ちてしまう。だから二本に跨るように通していたようだ。

これだけ柔らかくしなるなら、きっとできる。狸八は踵を返すと、蔵前へ向かって走り出した。

「なんだこりゃ」

ちょうど四枚あったうちわを作者部屋の面々に配ると、蛙が花火を見上げる絵柄を見て、松鶴は眉をひそめた。

「俺のは娘と黒猫ですね。そっちは?」と、福郎が左馬之助を見る。

「これは……西洋の時計ですね。どう読むんだったか。八つ時、かな」

「金魚は？」

首を傾げつつ、金魚はうちわを見せる。

「握り飯の絵でした」

「握り飯の……？　狸八、こりゃあいったい」

「通りすがりのうちわ売りからもらったんです。それじゃあ、俺はちょっと上へ行ってきますんで」

福郎の問いに答え、篠竹を持って作者部屋を出ると、背中から左馬之助の声がした。

「兄さん、この落款（らっかん）、青井東仙（あおいとうせん）ですよ！」

「な、本物か？」

何やら聞いたことのある名だ。たしか絵師だったような。あのうちわ売りがそうだったのだろうか。だが、うちわ売りの男のことは、あっという間に頭の隅に追いやられる。頭の中には、これから試したいことが次々と浮かんでいた。

まずは、糸を篠竹の先に結んで釣り竿のようにする。もう一方の糸の先は開いた扇の上辺、その裏に、糊（のり）を塗った紙で貼り付けて乾かす。ちょうど金色の日の丸の真上から、糸が出ているような格好だ。裏面に紙を貼ってしまったので、扇はもう畳めない。糸の長さは、ひとまず三尺程度にしておく。長さは、篠竹に結んだ方を伸ばしたり詰めたりして変えることができる。

狸八は本番で扇を載せる竿を借りると、小道具方の部屋の隅に立てた。その上に扇を据える。

さて、どうか。

虎丸が鏑矢を放つ様を思い浮かべ、釣りで魚がかかったときのように篠竹をぐいと後方へ引いた。扇は一気に引っ張られ、宙に飛び上がる。だが、狸八が思ったよりも遅かった。糸が長く、篠竹を引いた力が糸から扇へ伝わるまでに間があるのだ。

狸八は篠竹の先の糸を解き、短くして結び直した。二尺五寸といったところか。だが、まだ長い。篠竹を引くときには糸が張っていないといけないのだ。つまり、鏑矢が放たれる前から、狸八はずっと、篠竹の糸がぴんと張るような姿勢でいなければならない。

小舟をかたどった切り出しの、舳先（へさき）に立つ竿の、隣には玉虫御前がいる。狸八は竿の後方で、篠竹を持ち上げておくのがいいだろう。

狸八は腕を伸ばして糸が張る形を保ったまま、膝（ひざ）を曲げた。これは苦しい。糸をもう少し短くした方が、腕は楽かもしれない。

糸を二尺程度にし、腕を伸ばしたままで、そこから射落とされた扇を思い浮かべて操ってみる。弾かれたようにひゅっと篠竹を引けば、扇は左右にひらひらと揺れながら、篠竹の導きに従って水面へと落ちていく。

悪くはないか。だが、気になることがある。

落ちるときの扇の動きはいいのだが、舞い上がるときが今ひとつのような気がするのだ。もっと勢いよく、空高くまで弾け飛んだ方がいい。どうしたら扇が高く飛ぶだろうか。

今よりも勢いよく篠竹を引くには、一旦篠竹を扇に近付け、張った糸をたるませてから一気に引き上げる必要がある。だが、そうすると先に篠竹の動きが伝わってしまい、飛ぶ前に扇が揺れてしまうのだ。篠竹の動きまで客に見えてしまえば興醒（きょうざ）めだ。

扇がぴたりと止まったところから、突然弾き飛ばされる。その様を、どう表わしたらいいだろうか。

狸八は竿の足元にあぐらを掻いて座ると、腕組みをして唸った。どれくらいそうしていただろうか。不意にとんと肩を叩かれた。目を開けると、辺りは薄暗くなっていた。行灯や灯火はところどころに灯っているが、窓の向こうは赤紫色に暮れて、竿の上の扇もよく見えない。秋の日暮れは早い。

「今日はもう終いだ。火ぃ消して帰ぇるぞ」と、傍で文四郎が言った。

「ああ、はい」

「続きはまた明日だ」

明日もここで稽古してもいいということだ。はい、と頭を下げ、篠竹と扇を持って作者部屋へ戻ると、その晩は扇を弾き飛ばす手立てを練りながら夜を明かした。こうすればできるのではないか。ああしてはどうだろう。穏やかな寝息を立てる金魚をよそに、狸八は何度も頭の中で、扇の高く飛ぶさまを思い描いて篠竹を振るった。

翌朝、先に起きていたのは金魚だった。

「遅くまで考えていたんですか」

金魚は狸八の布団を片付け、四つある文机を、いつも通りの場所へと並べる。

ああ、とあくび交じりに返事をしつつ、狸八もそれを手伝った。

「寝ないとかえって頭が回りませんよ。松鶴先生は、たとえ正本が遅れているときでも夜はしっかり寝ますからね」

「先生は肝が太いからなぁ」

「そんな言い方をして」

そこへ、小屋の者が握り飯を配りに来た。鳴神座には厨がないため、若狭屋の料理人が、朝から握り飯を山ほど作って届けてくれるのだ。二人分受け取ると、小屋の者は稲荷町へと向かっていった。

作者部屋の長火鉢は、使わない時期でもしまうことはなく、暑い時期には水を入れた薬缶が載っている。朝早くに金魚が水を汲みに行ってくれたらしく、薬缶の水は冷たかった。それぞれの湯呑に水を注ぎ、二人並んで、佃煮の握り込まれた握り飯を頬張る。まだほんのりと温かく、そのために柔らかい。頬張るたびに、飯の微かに甘いにおいがする。

「うまいなぁ」

「うまいですねぇ」

毎朝起き抜けに、こんなうまい握り飯が食える。これ以上に幸せなことなどあるだろうか。銀之丞も今頃、寝床にしている中二階の楽屋で頬張っているのだろう。

ふと、金魚の文机に、昨日の握り飯の絵柄のうちわが置かれているのが目に留まった。手に取り、しげしげと眺める。

「今見るといい絵に見えるな」

「そうですか？」

「ん。これ、きっと中身は鮭だ」

金魚が怪訝（けげん）な顔でうちわに目をやったが、見ているうちに驚きの表情へと変わった。

「本当ですね。たしかに中に具が入っているようだ。あっしにも鮭に見えます。昨日は何の握り飯かなんて、わからなかったですけど」

「な。不思議だな」

「それ、青井東仙の絵だそうですよ」

「有名なのか？」

昨日も聞いた名だ。

「さあ。あっしもよく知りませんが、おかしな絵ばかり描く絵師なのに近頃人気で、絵には高い値が付くそうです」

「へえ。このうちわの売値は十文らしいが」

「……本物ですかね」

二人して顔を見合わせ、首をひねる。

「わからねぇな」

「そうですね。あっしも、ほかに知ってることといえば、からくり師の何とかという人と仲が良いとか、それくらいです」

「からくり師？」

「それも左馬兄さんが言っていただけで、あっしにはどこの誰のことやら」

からくりか、と握り飯を食べ進めながら、数年前に行った縁日のことを思い出す。菓子や新粉(しんこ)細工を売る屋台に交じって、寺社の境内ではからくり興行も行なわれていた。台に取り付けられた遠眼鏡(とおめがね)を覗くと絵が飛び出して見える覗きからくりや、茶運び人形や、弓曳(ゆみひき)童子のからくりもあった。子供の姿をした人形が、弓を構え、的に向けて矢を放つのだ。

「金魚」

「はい」

「茶運び人形や弓曳童子って、どうやって動いてるんだ」

「急に何の話ですか？」

そう言いつつ、金魚は頭の中の記憶を探るように、目を斜め上へと向ける。

「ゼンマイですよ。たしか、鯨の髭を巻き取って動かしてると聞いたことがありますが」

「鯨の髭を、巻き取る、か」

弓曳童子が矢を放つあの動きを、なにか扇に活かせないかと思ったのだが、人形の作りは狸八には予想もつかないほど複雑そうだ。

「狸八さん、ゼンマイで扇は飛びませんよ」

胸の内を見抜いた金魚がずばりと言う。

「はは、そうだよな」

「もっと単純でいいと思いますよ。複雑な仕掛けは、興行の間に壊れると大ごとですし」

「人形よりも単純に、かぁ」

「人の方が簡単にできてますよ、きっと」

わかったような物言いをして、金魚は湯呑の水をごくりと飲み干した。

朝飯を食い終わると、神棚の掃除だけして、狸八は中二階へと向かった。昨日と同じように小道具方の部屋の隅に陣取り、ほかの者が来る前から、篠竹に釣られた扇とにらめっこする。

人の方が簡単にできている。なるほど、金魚の言う通りだ。人が弓を引いて矢を放つのに、ゼンマイも複雑な仕掛けもいらない。

弦に矢をつがえ、弦を目いっぱい引き、指をすっと離す。それと同じような力が加われば、扇は矢のように勢いよく飛ぶはずだ。狸八は糸玉を手に取る。

あと少し、あと少しで、頭に思い描いていることを形にできる。

狸八は糸玉からしゅるしゅると糸を伸ばすと、扇の要の辺りに結び付けた。糸は五尺ほどの長さで切る。扇を竿に載せ、垂らした糸を竿の下で踏みつけて、その糸の先は左手で持った。

右手には篠竹を持つ。こちらは昨日のまま、竹の先から垂れた糸は、扇の上辺の裏に留めてある。糸がぴんと伸びきるように持ち上げると、扇は上下の糸に、それぞれ逆の方へと引っ張られる形になる。篠竹の先が、ぐぐ、と下を向く。

これで、虎丸が矢を放った瞬間に下の糸をうまく外せれば、下から引っ張られていた分、扇は上へ飛び上がるのではないだろうか。

「まぁた、おもしれぇこと考えてんな」

振り向くと、雷三だった。いつの間にか小道具方の人間が増えてきて、部屋はざわざわとしている。

「その下の糸、どうやって切る気だ」

雷三は狸八の後ろに座ると、本芝居で使う甲冑(かっちゅう)に、鮮やかな萌黄(もえぎ)色の紐を通し始めた。

「外す……より、切ることを考えた方がいいでしょうか」

「外すには仕掛けが要る。それを使いこなすだけの稽古もな」

むう、と狸八は唇を噛んだ。総ざらいは目前だ。

「間が悪ければ台無しになります。どうしたらいいか」

「糸に切り込みを入れるか、ちっと焼いておくか。せいぜいそんなところだろう。それでも、本番でうまくいくかはわからねぇがな」

「切り込みか、焼くか……」

焼くのでは、毎回同じ具合に焼けるかが心配だ。狸八は小刀を借りると、よく目を凝らし、扇より少し下の辺りの、糸の撚(よ)りに刃を当てた。慎重に切り込みを入れ、扇を竿に載せると、片膝を立てて左手で張った糸を踏み、右手で篠竹を持ち上げた。

鏑矢の放たれる様を思い浮かべる。今だ。糸を踏む足を緩めながら、左手の糸を強く引っ張る。

「あれ？」

切れない。焦り、むきになって何度か引っ張るうちに糸は突然切れて、狸八は体ごと後ろへのけ反った。伸ばした右腕が大きく振れ、顔の上を扇が飛んでいく。狸八はそのまま仰向けに倒れ込んだ。逆さまになった雷三が、はっはと笑う。

「切り込みが浅かったな。うちで使ってる糸は丈夫だから、簡単には切れやしねえよ」

「もういっぺんやってみます」

むくりと起き上がって狸八は言う。もういっぺん、もういっぺん。稽古で大事なのは繰り返すことだ。それは役者も裏方も同じだ。

糸くずを次々と生み出しながら、狸八は切り込みの深さを変えて、何度も試す。だんだんわかってきた。残すのは本当に少しだけ、人で言えば首の皮一枚、というところまで、切ってしまった方がいい。

「ああ、こんなに糸を無駄にしやがって」と文四郎には言われたが、稽古のためだと言い張った。本番でうまくいくなら、無駄にはならない。

糸の切れる間合いは、踏む強さが鍵だ。切り込み自体を深くしてしまうと、まだ竿の上になければならないときに糸が切れてしまう。そのため切り込みは深過ぎず、踏む強さと、右手の篠竹の上げ方、そして左手で糸を引く強さで、すべてを調節する。下側の糸もぴんと張るためには、糸を長くして、左手に巻き付けた方が安定するかもしれない。

気が付くと、小道具方たちの数が減っている。昼飯を食いに出たようだ。

「雷三さんは、飯には行かないんですか」

「年寄りはあんまり腹が減らねぇんだ」

文四郎あたりがなにか買ってくるだろうと、雷三は仕事を続ける。甲冑ごとに違う色の紐を通していて、今は真紅の紐で直垂を編んでいる。

「あの、雷三さん」

気になっていたことを、狸八は訊いてみることにした。

「与一千金の背景って、夕焼けですよね」

「そうさな」

紐の端を口にくわえたまま雷三は答える。

「後ろの幕にゃあ、茜の空と、下の方に沖の平氏方の舟が描いてある」

　そして、小舟の周りには海を示す浅葱色の布が波打つ。

「あの、こうやって小舟の後ろで腕を上げたいんですけど」と、狸八は腕を伸ばしたまま、雷三がこちらを見るのを待ってから言う。

「黒衣じゃあ、目立ちませんかね」

「ああ」

　雷三は頷く。

「そんなら水衣だな」

「水衣？」

「海とか川とか、水ん中で動くときにはな、黒衣は水衣になんのさ。隣行って聞きな」

　雷三は隣の衣裳方の部屋を指した。篠竹を持ったまま廊下へ出て、狸八は隣の茶緑色の暖簾をくぐる。そちらでは春鳴や伊織らが、本芝居の衣裳について話し合っていた。春鳴は衣裳方を取りまとめる親方だが、ほかの親方衆に比べればだいぶ若い。役者のように化粧をしているので本当のところ歳はよくわからないが、締まった体付きの長身で、勝山髷風に結った髪に、着物も女物を纏っている。

「あれ、狸八じゃないか」

春鳴の声に伊織もこちらを向く。伊織は二十半ばの男で、役者や黒衣の衣裳を一手に預かっている。

「先生から何かあるのかい？」

「いえ、俺の出る与一千金の方で」

「何か具合の悪いものでもあったか」と、伊織が心配げに尋ねる。

「いえその、黒衣ではなく、水衣でやりたいんですが。水衣の衣裳はありますでしょうか」

春鳴と伊織は顔を見合わせる。

「あるとも。狸八さんが着るなら、文四郎さんが着てるのがある。背格好が似てるから、合うだろうよ」

そう言うと、伊織は衣裳を取りに奥の間へと向かっていった。ほっと胸を撫で下ろす狸八に、春鳴が尋ねる。

「えらく駆け込みだね。総ざらいはもうすぐだろうに」

「それがその、扇の飛ばし方を変えたので」

「なるほど」と、春鳴は目を伏せる。目線の先には、篠竹と扇があった。

「あんたは案外、凝るタチだからね。まあ好きにやったらいいさ」

「いやぁ、そんなのでは」

ここへ来たいきさつは話しづらく、困った狸八は頭を掻く。

「夏狂言の蛍、よかったよ」

「見たんですか」

「そりゃあもちろん」

春鳴はにこやかに笑う。

「あんたは、こだわり始めたら譲らないだろう。先生によく似てるよ」

「そんな、恐れ多いことですよ」

自分と松鶴とでは、こだわるところがずいぶんと違う。己は蛍や扇といった、せいぜい手の届く範囲にあるものだけだ。

「先生のこだわりは、もっと大きいですから」

芝居のすべてを見渡して、ここはこうでなければと、強い意志を持って言い切れるのは、松鶴くらいのものだろう。

「そうかね」

「そうですよ」

やがて、伊織が水衣の衣裳一式を抱えて戻ってきた。頭巾に着物、袴、脚絆、手甲に足袋まで、すべてが春の空のような柔らかい浅葱色に染められている。

「狸八さん、着てみてくれ」

その場で勧められ、狸八は着物を脱ぐと、水衣の衣裳に袖を通す。

「なんだかおかしな気がしますね」

黒衣のときには自分が影そのものになったかのような心持ちだったが、水衣はなにやら目立って落ち着かない。

「陸の上じゃあね」と、春鳴が笑った。

きついところや弛むところはないかと確かめて、伊織も言う。

「本番じゃ波の色とはよく馴染むから、気にならねぇさ」

見慣れぬ手足を見下ろして、狸八は何度も手を握ったり開いたりする。夜に溶け込んだ黒衣のように、今度は海に溶け込んで扇の影となる。水面に落ちる影だ。やる気が一層湧いてきて、狸八は、よし、と意気込んだ。

「伊織さん、これ、このまま借りていっていいですか」

「あ、ああ。いいけどよ、本番までにどっか引っかけたりすんなよ」

「はい」

着てきたものをまとめて抱え、狸八はまた小道具方の部屋へと戻る。水衣だ、水衣だ、という周囲の声を聞きつつ、狸八は立てたままの竿と、糸玉と借りた小刀とを持って部屋を出る。ちらりと目に映った雷三は、誰かが買ってきた団子を、仕事の手を休めることなく食っていた。

梯子を下りると、奥から歩いてきた虎丸と鉢合わせた。狸八のなりを見て、虎丸は訝しげに眉をひそめる。

「なんだ？　その格好は」

「虎丸さん！」

言葉を遮るように、狸八は虎丸の腕を摑んだ。呆気に取られたかのように、その眉が跳ね上がる。

「お、おい」

「ここで会えてよかったです」

「何が」

「虎丸さん、稽古に付き合ってください。頼みます！」

そう言うと、狸八は返事も聞かずに虎丸を引っ張り、歩き出した。

中二階と二階は廊下の左右に部屋があるが、一階はほとんどの部屋が片側にある。反対側には、戯場があるからだ。戯場へ向かって廊下を曲がると、その先は大道具置き場になっている。大道具置き場は舞台の裏だ。その端を抜ければ、そのまま舞台の袖へと繋がっている。

大道具方は今やっと手が空いたところのようで、遅い昼飯に出ていく何人かとすれ違った。狸八は舞台の端から、正面奥の平土間に親方の源治郎を見つけて叫ぶ。

「源治郎さん！　舞台の端と花道を貸してもらえませんか！」

「構わねぇが、おめぇは誰だ！」

「狸八です！」

水衣姿では、たしかにどこの誰だかわからない。狸八は苦笑する。手を上げて、ああわかった、と源治郎が頷いた。

「虎丸さん、花道から矢を射ってください」

「稽古したのか」

「ええ」

「この二日で、どうにかなったとでも言うのか」

虎丸の表情は硬い。疑うのも当然だ。

「この前よりは、ずっといいはずです。そのための稽古をしました。でも、まだまだなんです。力を貸してください」

虎丸は、憮然とした顔で聞いていた。

「この前は、すみませんでした」

深く頭を下げると、上げたままにしていた頭巾の前垂れが、覆いかぶさって浅葱色の影を落とした。虎丸の足音が遠ざかる。狸八は顔を上げ、前垂れを捲って叫んだ。

「すぐに支度します！　合図をしたら、お願いします！」

花道を歩く虎丸が片手を上げる。狸八はすぐさま支度に取り掛かった。竿を舞台上に立て、要に糸を結んだ扇を、竿の先に載せる。そして小刀を使い、要から垂れ下がる糸に切り込みを入れる。糸は長く伸ばし、左手に巻き付け、片膝を立てて途中のところを踏みつけた。

「虎丸さん！」

両手が塞（ふさ）がっているので、狸八は花道へ向けて声を放る。

虎丸を一番大事な客だと思ってやってみな。

銀之丞の言葉を思い出す。

「お願いします！」

憮然とした顔のまま、虎丸は足を開いて立つと、弓を構える格好をした。腕をまっすぐに伸ばし、引手を添えたその姿は精悍で、そこに透き通った弓と鏑矢があるかのようだった。

ゆっくりと、虎丸が弦を引く。目は舞台上の扇を見ている。紅色の扇に描かれた、金色の日の丸を。狸八は扇の上下の糸を引く手に力を込めた。篠竹がしなる。

目一杯に引かれた弓の、その弦から虎丸の指が離れる。稽古のときに聞いた琵琶の音が、狸八の耳に聞こえてくる。ビィイン、と戯場の高い天井に響く音色は、弧を描いて飛ぶ矢の軌跡だ。遠い浜辺から、矢が空を切り裂き、平氏の舟へと届く。頭の中に、太鼓の高い音が鳴る。

今だ。狸八は左手の糸を強く引く。ぷつりと微かな音がして、弾けるように扇は真上へ飛んだ。翻る扇の日の丸が、魚の鱗のようにきらりと光る。あとは左手を急いで篠竹に添え、舞う蝶のようにひらひらと、扇を緩やかに波へと導き、浮かべる。

矢が飛ぶよりも長い間、扇は宙を舞っていた。その間、戯場の音は聞こえなかった。水衣姿のせいだろうか。大道具方の張り上げる声が、打ち寄せる波の音に取って代わったようだった。

「どうでしたか」

舞台に落ちる扇を、無言で見つめていた虎丸に尋ねる。

「いや、そうだな、まあ」

「あっ」と、狸八は虎丸の言葉の途中で声を上げる。

「なんだよ」

「すみません、もういっぺんお願いします」

「あ?」

「前垂れを下ろすのを忘れてました。これ、下ろすと見え方がまったく違うんですよ」

浅葱色に透ける前垂れを下ろすと、花道に立つ虎丸の姿が、水の中にいるかのように見えた。水の底の都か、と狸八は平氏の行く末に思いを馳せる。

「すみません、虎丸さん。もういっぺんです」

虎丸は舌打ちをするが、その音は前よりも小さかった。

「わかったよ。ったく。早いとこ支度しろってんだ」

「はい」

もういっぺん、もういっぺん。そう唱えながら、狸八は扇の要に新しい糸を結んだ。

十回ほど繰り返したあと、虎丸が舞台へ向かって歩いてきた。狸八は前垂れを上げ、糸くずを拾い集めて虎丸の来るのを待つ。

「ったく、なんなんだ、おめぇは」

舞台の端に腰掛け、膝に頬杖をついてこぼした言葉は、いつもより威勢が弱かった。

「できるんなら初めっからやりやがれ」

すみません、と狸八は扇を持ったまま舞台に正座する。

「銀の入れ知恵か？」

「いえ、銀とはその、あれから口を利いてなくて」

狸八も顔を合わせないようにと気を張っているが、銀之丞も同じなのか、小屋の一階でも若狭屋でも見かけない。虎丸は、ふんと鼻を鳴らした。

「あいつにゃ、他人にくれてやる知恵もねぇか」

本人が聞いたら怒りそうな台詞だ。

「あの、虎丸さん。一つ訊いてもいいですか」

「くだらねぇことなら答えねぇぜ」

うっと詰まるが、狸八は気を取り直して尋ねる。

「虎丸さんは、芝居が好きで鳴神座へ来たわけじゃないと聞きました。それなのに、どうして役者になったんですか？」

ふうと息を吐き、虎丸はちらりと横目でこちらを睨んだ。

「くだらねぇな」

「すみません」

「謝るくれぇなら初めっから訊くな」

「はい」

狸八は目を逸らす。虎丸の物腰が少し柔らかくなったような気がしたが、過去を訊くにはまだ早かったろうか。

「おめぇは、松鶴先生に拾われてきたんだったか」

「はい。行く当てもなく、何も、その、本当に何も、持っていないときで」

今思えば、文字通りの身一つだった。あの頃は名すら失っていたのだ。

「そうか」

虎丸は、金槌(かなづち)を振るう大道具方の姿を、見るともなく眺めていた。

「俺もあんまり変わらねぇさ。人に連れられて来たか、自分の足でここへ来たか。それくれぇの違いさ」

気の進まない様子ではあったが、虎丸はぽつぽつと生(お)い立ちを語り始めた。

虎丸は百姓の家の子だった。ある年の冬に父が死に、あとを追うように母も死んだ。兄や姉はいたらしいが、みな幼いうちに流行(はや)り病(やまい)で死んだと聞いた。一人になった虎丸は、残りの食糧で食いつなぐと、春を待って江戸へ出た。一人で百姓をやっていくよりも、江戸で何かの仕事にありついた方が、生きていけると思ったのだ。

江戸の町で、虎丸は初め、女郎(じょろう)屋の男衆(おとこし)になった。十五、六の頃には同じ年頃(ご)の者より頭一つ背が高く、力も強かったために重宝された。払いの悪い客を懲らしめ、逃げようとする女郎を捕まえた。稼(かせ)ぎも悪くないが、あるときふと、気安い仲の女郎に尋ねられた。

「おまいも、親が憎くてここへ来たのかえ」

そんなことを問われるとは、思ってもみなかった。

女郎たちはみな親を恨(うら)んでいた。ここで働く男衆も同じ思いなのだろうと、女たちは思っていた。

「憎んじゃあいねぇさ、俺はただ」

働き口を探していただけのことで。

「ならばわざわざ、こねぇなところに来ずともええじゃあないかえ」

見てくれだけは豪勢な女郎は格子の向こうから、煙草(たばこ)の煙を、ふうっと虎丸の顔に吹きかけた。

ここにいたら、ほかの者もそう思うだろうか。客も楼主も、己のことをそう見ているのだろうか。

何より、極楽にいるお父(とっ)つぁんとおっ母(か)さんも、そう思うだろうか。

その頃から、虎丸は親の生きた意味と、己の生まれた意味について考えるようになった。

「今生(こんじょう)に意味なんか、あるわけねぇとも思うんだがな」

そう言って、自嘲(じちょう)するように笑う。

「ただ、もう家も、親の耕(たがや)した畑も人のもんになっちまってたから、親の残したものは俺だけなんだと、そのときようやくわかったんだ」

俺は何かをやり遂げなければならない。

虎丸はそう思った。何かをこの世に残さねば、お父つぁんとおっ母さんが生きた証も、その前のじいさんやばあさんや、もっと前の先祖から受け継いだものも、兄や姉が生きていれば叶えられたことも、何もかもが、俺で終わるのだ、と。

今のままではたとえ子を残したところで、受け継がせるものは何もない。生きた証は、己でつくるものだ。親が畑を耕していたように。

虎丸は見世をやめ、大工に弟子入りした。だが、力は強いものの、虎丸は器用ではなかった。名を残せるほどの大工にはなれないだろうと思うと、商家の下働きに職を変えた。初めこそ成り上がってやろうと思っていたが、主人や手代を見るに、どうも自分には商才はなさそうだと気付いた。

「まあ、性分だな。客の好みや機嫌に気を配って、頭ぁぺこぺこ下げて。俺にはできねぇさ」

それはそうだろうなと内心思いながら、狸八は当たり障りのないように頷く。商人には、客より上に頭を上げないほどの腰の低さが必要だ。虎丸がそんなふうにしている様は想像もできない。

「俺の名を残すにはどうしたらいいかって考えた末に、役者なら、俺も名を上げられるかもしれねぇと、思ってさ」

「芝居なら、できると？」

「そうじゃあねぇさ」

その頃のことを思い出したのか、虎丸は懐かしそうな顔をする。

「ここは誰でも迎え入れてくれる場所だったし、向いてなかったら俺だって、また次を探すつもりだった。ところが、だ。やり始めたら、思いの外おもしろくてな。いつの間にか本気になっちまってたんだ」

見物席を広く使って切り出しの仕上げをしている大道具方を、虎丸は眺めている。その目はきらきらとしていた。芝居のことを、役者のことを語るときの銀之丞のようだ。虎丸はぽつりと言う。

「芝居なんてまともに見たこともなかったが……初めて見たときにゃあ、骨抜きにされたよ」

「わかります」と、狸八は間髪入れずに言う。『雨夜曾我盃』の総ざらいを見たときのことを思い出す。

「最初に十郎さんを見たときは、圧倒されました」

「俺は右近さんだな」

天井の梁を見上げて虎丸は言う。梅之助の父、白河右近は、敵役の名人で鳴神座に欠かせない役者だ。

「虎丸さん、敵役似合いそうですよね」

「てめぇはそれ褒めてんのか？」

ぎろりと睨まれ苦笑する。

「そういう目が」

「けっ」

「虎丸さんの名は、自分でつけたんですか？」

「あ？　またくだらねぇことを」

「くだらなくなんてありませんよ。俺は、名をつけてもらって、その、救われたので」

へぇ、と虎丸は片方の眉を撥ね上げる。

「たぬ八でもか」

「あのときは、本当に狸のようだったので」

「どういうことだよ」

いやあ、と笑ってごまかす。虎丸は懐に手を入れ、何か紐のようなものを手繰った。

「虎丸は親のくれた名だ。ただし、字は干支(えと)の方だがな」

「ああ、寅丸さん、ですか」

ほれ、と、虎丸は首から掛けていたものを外して放る。狸八の手のひらに落ちたのは、赤い紐のついた守り袋だった。古びた守り袋には、丁寧な刺繍(ししゅう)が施(ほどこ)されていた。日の出だろうか。真っ赤な日輪と、それに向かって吠(ほ)える勇ましい虎の姿だ。それはきっと虎丸の母が、一人残った子に、強く生きてくれと願って一針一針縫ったのだろう。

「それで、日高虎丸と」

「そういうこった」

　返せとばかりに、手を突き出す。狸八はその手に守り袋をそっと載せた。赤い紐に頭を通しながら、虎丸は言う。

「こだわりすぎてんのかもしれねぇが、俺は、俺のこの生き方を邪魔するやつは許さねぇと決めたんだ」

　生きた意味を残すために。

すみません、と体を縮めて、狸八は舞台に頭がつきそうになるほど下げる。二度と高をくるまいと自分に言い聞かせる。

「で、どうする？」

「はい？」

顔を上げた狸八に、虎丸は花道を指す。

「もういっぺんやるなら、俺はあっちへ行くが」

「お願いします！」

勢いよく答える。稽古はいくらしても足りないくらいだ。あいよ、と返事をして立ち上がった虎丸が、思い出したように尋ねる。

「そういや、おめぇ、夏芝居のときに俺が何の役やったか覚えてるか？」

「夏芝居は」

『吉原宵闇螢』の配役を思い出す。若手だけで演じる夏芝居は、稲荷町の役者も大勢本狂言に出ていた。

「藤富屋の男衆、でしたね！」

遊郭、藤富屋の男衆のまとめ役は紅谷孔雀が演じていたが、その傍らに虎丸もいた。

「本物みてぇだと福郎さんに褒められたんだ。まったく、何で得するかわかんねぇぜ」

心底おもしろそうにからからと笑いながら、虎丸は花道で位置についた。

総ざらいは恙なく終わった。まだ朝の早い時分、本狂言の総ざらいを前に、艶やかな娘の衣裳を纏った銀之丞が、腕組みをして袖で待っていた。

「銀」

浅葱色の前垂れを上げて呟くと、難しい顔をしていた銀之丞は弾けるように笑った。

「銀」

戸惑い、狸八はもう一度名を呼ぶ。

「すげぇじゃねぇか。なんだありゃ。あんなに扇が飛び上がるのを、俺は初めて見たぜ」

目尻の涙を指先で拭う。手入れされた爪が、桃色にきらりと光った。

「初めっから、あれをやりゃあいいのに」

「虎丸さんにも同じことを言われた」

「だろうよ」

「すまん」

「謝る相手は俺じゃねぇさ」

銀之丞は狸八の背後に向かって顎をしゃくる。虎丸がいるのかと振り返ってみたが、誰もいなかった。そこにはただ、澄んだ光を浴びる本舞台と、これから始まる本狂言の、岩や植木の切り出しを置く大道具方の姿とがあった。

「芝居にだ」

銀之丞を見ると、なにか得意げな様子で目を閉じていた。

ああ、そうだ。銀之丞は、心の底から芝居が好きなのだ。だからこそ、余計に狸八のことは許せなかっただろう。

狸八は扇と竿を整えて持ち直すと、本舞台へ向けて深々と頭を下げた。その背に、銀之丞の声がかかる。

「もう二度と、あんなこと言わせんなよ」

客の少ない脇狂言なら、稲荷町が相手なら、簡単だとでも思ったか。

思い出すだけで、傷口を抉(えぐ)られるようだ。熱した刃(やいば)を当てられたような、灼(や)けるほどの痛みが走る。だがそれは、銀之丞とて同じはずだ。ただ一心に芝居に打ち込む男は、同じ一座の者に刃のような言葉を投げつけて、無傷でいられるほど鈍くはない。

「悪かったな、銀」

「だから、それは俺じゃ」

「あんなこと言わせちまって」

ちゃんとわかっている。覚えている。

「忘れないからな、俺」

だから、二度と言わなくていい。

驚いたように固まっていた銀之丞の顔に、ゆっくりと笑みが浮かんだ。

「怖(こえ)ぇこと言うなよ」

「恨んじゃいないさ」

「知ってるよ」

舞台の方から源治郎の声がする。支度が整ったのだ。ほかの役者たちが集まってきて、追い立てられるように狸八は小屋の奥へと向かった。振り返って見た銀之丞の横顔は、晴れ晴れとしていた。

その晩から、狸八はまた稲荷町で眠れるようになった。虎丸とは特に仲良くなったわけではないが、あれ以来、目が合っても睨まれることはなくなった。それは虎丸なりの、信の置き方なのかもしれない。

こいつは放っておいても、己の行く道の邪魔にはならないだろう、という程度の信だろうが、それで十分だと狸八は思う。

興行初日はよく晴れていた。近頃は日の出も遅くなってきて、脇狂言が始まったのは、まだ東の窓から低く日の差し込む時分だった。立派な烏帽子と見事な鎧を身に着け、虎丸はその光を浴びて花道に片膝をついている。

「さあ与一よ、あの扇の真ん中を射落として、敵にその腕前を知らしめよ！」

源義経は大仰な身振りで鼓舞するが、与一が即答しないのを見ると激昂する。

「この義経の命に背くは許さぬ！　できぬと申すならば、兜を脱いで鎌倉へ帰るがよい！」

与一はさらに深く首を垂れると、

「承知仕りました。さすればこの那須与一宗高、判官殿の命とあらば、あの扇、見事射落として、御覧に入れましょう」

すっと立ち上がると、与一は波打ち際へと進み出る。まばらな見物客の目を集め、そこにあるはずの水に膝下まで浸かりながら、与一は矢をつがえて目を閉じる。

「南無八幡大菩薩よ、我が国の神明よ、日光の権現よォ、宇都宮、那須の湯泉大明神よ……願わくは、あの扇の真ん中を射させ給えェ。これを射損じるならば、我は弓をへし折り自害して、二度と誰にも会わぬ決意。今一度、我を下野へ帰さんとお思いならば、どうかこの矢を外させ給うな」

狸八は小舟の後ろで波と一つになりながら、与一の声を聞いていた。波の音まで聞こえるようだった。

虎丸とて、与一と同じだ。帰る場所はもうないのだ。この一座に、今この芝居に、一本の矢に、己のすべてを懸けている。

目を開けた与一は、まっすぐに沖の小舟の扇を見据える。夕暮れの海に浮かぶ小舟には、柳襲と呼ばれる表が白、裏が青の表着に、紅の袴を穿いた正装の美しい女房がいて、嘲るように与一を見ている。

大きな仕草で、与一は弓を引く。微かに軋むその音が、戯場の隅まで染みていく。与一の手が弦を離れると同時に、琵琶が鳴らされた。音色の矢が放たれる。

「当たれ当たれぇ！」

窓の方から声がする。銀之丞だ。二階の桟敷の天井から見ていたらしい。

そうだ、当たれ、当たれ。

芝居も役も、何もかも。

当たれ、当たれ。

与一の放った矢は、美しい弧を描いて小舟へと向かう。来る。ここへ届く。狸八は扇の要から垂れ下がった糸を強く引く。

当たれ。

与一と虎丸、そして一座の願いの乗った矢が届いたその刹那、扇は高く、茜の空へと舞い上がった。

三、烏（からす）の子

　めずらしく勘定方（かんじょうかた）が作者部屋を訪ねてきたのは、九月も半（なか）ばの、晴れた日のことだった。勘定方を含む頭取座（とうどりざ）は、同じ裏方でも衣裳方や床山（とこやま）、道具方や囃子方（はやしがた）、作者部屋といった裏方たちとは少し違う。芝居の裏方というよりも、小屋のすべてを取り仕切る裏方だ。金の勘定や茶屋とのやり取りなど、興行の重要な役目も多い。

「なにぶん、今は人手が足りなくて。お使いに、狸八さんをお借りしてもよろしいでしょうか」

　腰の低い藤吾（とうご）という男が言った。部屋の中を見回していたところを見ると、最初は金魚に頼もうと思ったのかもしれないが、生憎（あいにく）、今日は出かけている。

「ああ、いいぞ」

　二つ返事で了承し、まだ昼前だというのに、松鶴は大きなあくびをする。

「ありがとうございます」

「おう、連れてけ連れてけ。どうせ暇だ」

それというのも、鳴神座は今、長い休みに入っている。

芝居小屋の一年は、十一月一日に始まる。大芝居を打つ江戸三座では、十一月の興行では、これから一年間、これらの役者がうちの舞台に出るのだと、大々的なお披露目をするのが慣例となっている。いわゆる顔見世興行というやつだ。顔見世に向け、元からいる役者のほかに、目玉になるような役者をよその一座や上方から呼び寄せる一座もある。

この秋から大芝居二年目となる鳴神座は、何を目玉にしたらいいかと、夏前に話し合いが行なわれた。座元の鳴神十郎、頭取の鳴神喜代蔵、以下頭取座の面々と各裏方の親方衆に加え、作者部屋からも松鶴と福郎が呼ばれたのだが、その話し合いの場で松鶴は、役者よりもまず、舞台の仕掛けを充実させてほしいと願い出た。

回り舞台もせりもない、本舞台と花道だけでは、できる芝居にも限りがある。回り舞台があれば、場をころころと変えるのも造作はないし、今までよりも趣向を凝らした芝居ができる。大道具方も楽になって喜ぶだろう。せめてせりだけでもあれば違うのだが、と。

「たしかに、今は役者よりも芝居の手数を増やす時期かもしれん」

喜代蔵と十郎も納得し、今年の興行は八月で切り上げ、ひとまずせりの普請(ふしん)に取り掛かることにしたのだ。回り舞台を造るには、二月(ふたつき)では無理があるとの判断だった。今日も戯場(ぎじょう)では、大工連中と源治郎率(ひき)いる大道具方が、毎日あれこれ言いながら作業を進めており、時折、威勢のいい声や金槌(かなづち)の音が奥まで聞こえてきた。

役者やその他の裏方たちはこれといってやることもなく、小屋の中はがらんとしている。田舎に帰っている者もいるらしい。一年中忙しい芝居小屋では、めったにない機会だ。

作者部屋はいつも通り、全員がほぼ毎日集まって、顔見世興行の演目をどうするか話し合っているのだが、なにぶんまだ間があるためか、肝心(かんじん)の松鶴は今ひとつ気が乗らないようだ。

「すまないな、狸八さん。喜平太がいたので頼もうかと思ったんだが、なにやらあぶなっかしい気がしてな」

「風呂番の、喜平太がいたんですか？」

あぶなっかしいのはよくわかる。だがそれよりも、稽古のない時期に風呂番がいることの方が気になった。稽古がなければ、風呂が使われることもほとんどない。それに、喜平太は長屋から通っているはずだ。

「ああ。何をしてたのかは知らないがな」

ふと、裏庭にいた猫のことが頭を過(よぎ)った。いや、まさか。休みの日に、わざわざいるかどうかもわからない猫に会いに来るだろうか。

「それに、喜平太はどこかへ出かけるようだったから」

「そうですか」

藤吾は懐(ふところ)から包みを出して言う。

「悪いが、これを上野(うえの)の玉木屋(たまきや)に届けてくれないか」

渡された包みは手のひらに載るほどなのに、ずしりと重かった。中からは、ちやり、という音がする。

「寛永寺(かんえいじ)の北、坂本町(さかもとちょう)の四丁目だ。わかるか」

「ええ。これは……金ですか」

「そうだ。この前の芝居で、娘役のかんざしや櫛(くし)を誂(あつら)えてもらったからな。そのお代さ」

　ということは、玉木屋というのは小間物屋か。

「鳴神座の者だと言って渡したら、代わりに受領の書付をもらってきてくれ。いいな、書付だ。必ずだぞ」

　藤吾はそう言うと、いそいそと頭取座へと戻っていった。包みの重さと大きさには覚えがある。小判だ。一両小判が十枚は重なっている。

「変な気ぃ起こすんじゃねぇぞ」と、松鶴が釘を刺す。

「起こしませんよ。こんな大金、持ち歩くのが怖いくらいですよ」

　松鶴は立ち上がり、肩から掛けていた羽織に袖を通す。黒に近いほど濃い、艶やかな紫色の羽織だ。下には銀鼠色の着物を着ている。

「十二、三両、ですか。芝居で使うかんざしや櫛ってのは、そんなに高いものなんですか」

「本物だからな」と、答えたのは福郎だ。

「いくら芝居の小道具といっても、偽物じゃ興醒めだ。金も銀も鼈甲も珊瑚も、本物でなけりゃあ、姫様も花魁も台無しだ。衣裳だってそうだろう。絹に金糸。そんなとこをけちってても始まらねぇ」

　はあ、と狸八は深く息を吐く。なるほど、役者たちの迫力の一端は、それらが担っているということか。

「じゃあ、衣裳部屋と衣裳蔵にあるのは値打ちものばかりなんですね」

「いや、ほとんどは衣裳部屋だな。衣裳蔵にたいしたもんはない。ほとんど木綿の、町人やなにかの衣裳ばかりさ」

「火事になったら、まず衣裳部屋に飛び込めよ」と左馬之助が言うと、松鶴がきっと睨みつけた。

「左馬！　めったなこと言うもんじゃねぇ」

すいません、と頭に手をやる左馬之助を尻目に、松鶴は羽織の紐をきつく結ぶ。

「まあ間違っちゃあいねぇがな。衣裳部屋にあるもんを売り払えば、この小屋ぐれぇ建て直せる」

その言葉に、狸八は目を丸くした。

「そんなにですか。けど、この部屋の正本はいいんですか？　その、燃えちまったら」

首を振り、松鶴は笑った。

「正本なんざ、またいくらでも書ける。俺がいりゃあな。それに、一度演じた正本と、まったく同じ芝居をすることなんざねぇ。燃えてなくなったところで、かまやしねぇよ。さて、俺も今日はもう、菊壱(きくいち)寄って、帰(け)えるとするか」

福郎と左馬之助が頭を下げるのに合わせ、狸八も立ったまま見送った。

「福郎さん、左馬さん」

狸八は首を傾(かし)げて二人を見る。

「燃えてもかまわないのなら、なんで俺は正本の片付けばかりやらされてるんでしょうか」

左馬之助が噴き出し、福郎は険(けわ)しい顔で眉を寄せた。

「やらされてる、と言うんじゃない」

「あ、すみません」

「なんでも勉強だぞ」

まったく、と福郎は腕を組む。

「先生の正本を残しておくのは、俺たちのためだ」

「俺たちの？」

狸八は自分の顔を指す。

「そうだ。いつか俺たちがここを引き継いだあとや、万が一、先生に何かあったとき……万が一でも考えたくはないが、もし先々そうなっても、先生の書いた芝居から学ぶためだ。俺たちだけじゃない。もっとあとにこの作者部屋へ入った者たちや、今から入ってくる役者たちのため、後の世の鳴神座のためにも、先生の書いたものはひとつ残らず残しておくんだ」

「後の世の、鳴神座のために」

壁際の棚を埋め尽くす正本の山を、あらためて見回す。狸八が年代順に並べたそれらは、上の段ほど茶色く色が変わっている。なるほど、この部屋の正本の山は、そのまま鳴神座の歴史ということか。

「じゃあ、衣裳部屋の値打ちものよりも、こっちを先に運び出さなきゃいけないじゃないですか」

「狸八！」

福郎が立ち上がり、ぐいと歩み寄ると、狸八の両肩に手を置いた。力を込め、肩をぎゅっと握ってくる。

「おめぇもわかってきたじゃねぇか！　この正本がどれだけ大事なもんか、そうだ、宝の山はむしろこっちよ！」

左馬之助も、目を閉じてうんうんと頷（うなず）いている。

「いや、初めはどうなるかと思ったが、それがわかるようになっただけでもたいした変わりようだ」

「あ、あの、福郎さん」

「あ？」

狸八は勘定方から預かった包みを、福郎の顔の前にやって苦笑する。

「ああ、そうだったな。すまんすまん。勘定方の仕事の邪魔をしてはまずい。早く行ってこい」

最後に一つ叩かれて、ようやく解放された狸八は肩をさする。手の跡がついていそうだ。小判の包みを懐にしまい、はだけないようにきつく合わせた襟を下に引き、ぎゅっと帯を締め直す。

「それじゃ、行ってまいります」

通りへ出ると、狸八は上野の寛永寺を目指し、北西へと歩き出した。近頃は風も少しひんやりとしてきた。冬になれば乾いた風に巻き上げられた砂埃で、江戸はどこもかしこも埃っぽくなる。その分湯屋へ行って埃を洗い流し、体の芯まで温まる。それは大層気持ちがいいのだが、帰る頃には湿った体にまた砂埃がついてべたつく有り様だ。風も身を切るように冷たくなる。

夏の間もずっと着ていた藍（あい）の小袖は、今やすっかり色褪（いろあ）せて、ほつれたところに新しくかぶせた黒い襟ばかりがやけに目立つ。生地も薄くなったし、寒くなる時期に向けて新調したいものだ。裏方や稲荷町の者が若狭屋で飲み食いした分は、すべて鳴神座が払ってくれている。おかげでわずかな給料も少しは貯（た）まってきたが、新調といっても古着がいいところだ。それでも紬（つむぎ）が買えるかどうか。木綿の絣（かすり）辺りが関の山か。

懐の包みが重たい。十二両あれば、呉服屋で反物（たんもの）から選んで三、四枚は仕立てられる。

変な気か、と、狸八は先ほどの松鶴とのやり取りを思い出す。

こんな大金、持ち歩くのが怖いくらいだ。そう言ったのは本心からだ。落とすことや盗まれることが怖いのではない。かつて、生家の金を盗んだときのことを思い出すのだ。麹町の油屋、椿屋の放蕩（ほうとう）息子だった頃のことを。

吉原へ通うため、金は何度も盗んだが、初めて盗んだ日の心持ちは忘れられない。

母屋（おもや）に誰もいないのを見計らい、父の部屋の戸棚にしまってある、鍵（かぎ）のかかった金庫を開けて、一両小判を何枚か抜いた。

今なら、戻せば許される。まだ誰も気付いていないのだ。今ならまだ間に合う。これは店の大事な金だ。手をつけてはいけない。

その声は頭の中いっぱいに、重なり合うように聞こえていた。それでも、手と頭とは別だった。

手が小判を懐に入れたとき、全身から汗が噴き出し、頭の中に溢れていた声は聞こえなくなった。それと同時に、一言だけ聞こえた。

終いだ。

逃げ出すように店を出た。金庫や戸棚は、そのままにして行ったのだろう。あっという間にそのことは明るみになった。

狸八は足を止めると、深く息をした。心の臓がどくどくと脈打ち、額に汗が滲んでいた。包み越しに感じる小判の冷たさが落ち着かない。早く玉木屋へ届けてしまおうと、狸八は歩を速める。

あのあとも家の金を盗み続けたのは、最初に盗んだ日の、あの声を掻き消したかったからだ。繰り返すうちに、最初の盗みは、何回かのうちの一回に過ぎなくなった。あのとき聞こえた声も、気のせいだったと思えるようになったのだ。だが、それで何かが救われたわけでもない。

金さえあればこの世のすべてが手に入る、というようなことを言う者がいるが、心地の良い居場所は金では買えない。ただの居場所でよければ手に入る。だがそれは、所詮まやかしの居場所だ。夢うつつの吉原と同じことだ。

神仏に手を合わせたい心持ちに駆られ、帰りに浅草寺へ寄ろうと思う。その頃には懐も軽くなっているはずだ。

蔵前の北、浅草から上野までは寺社町が続いている。隅田川のすぐ傍に浅草寺、そこから西へ、東本願寺、幡随院に廣徳寺と、小さな寺まで合わせれば、百近い寺社が集まっている。その辺りは日の落ちた時分のように静かで、聞こえてくるのは経くらいのものだ。風が吹けば香の匂いのする道は、歩くだけでもいくらか身の清められる思いだ。

浅草の寺社町を抜ければ、西に東叡山寛永寺が現われる。上野の山の上にそびえる、将軍家のために建てられた寺は、まるで城のように圧巻だ。今通り抜けてきた町の寺院とはまるで違う。華やかでどっしりとしていて、その分、懐も深いならいい。そう思いながら、狸八は道を逸れて北へと向かう。

玉木屋の手代に鳴神座の者だと伝えて包みを渡すと、鼻の横に大きなほくろのある手代は、すぐさま包みの中をあらためた。慣れた手つきで小判を数え、たしかに、と頷いた。

「受領の書付をもらってくるようにと、言いつかっております」

「ああ、はい。ちっとお待ちくださいね」

紺の印半纏(しるしばんてん)を着た手代は、指をなめて帳面をめくり、筆を執(と)る。商人の仕草だ。見ているとなにか、胸が熱くなるものがあった。狸八は店先の品物に目を移す。

鼈甲のかんざしや笄(こうがい)に、蒔絵(まきえ)の櫛、赤みのはっきりとした色の珊瑚玉、煙草(たばこ)入れは蒔絵に銀細工。どれも見事なものばかりだ。内儀(おかみ)だろうか、印半纏を着た女が、女客の相手をしている。

「お待ちどおさん、書付ですよ」

「たしかに」

受け取った書付を懐にしまっていると、手代が言った。

「鳴神座の芝居はいいもんですね。胸が躍(おど)りますよ」

手代は笑って鼻の横のほくろを掻く。

「私もね、ときどき見に行かせてもらってるんです。旦那(だんな)様に連れられて。舞台に仕掛けを作っていると聞きまして、顔見世が楽しみですよ」

「ぜひまた、いらしてください」

「ええ。頭取と藤吾さんにどうぞよろしく。今後とも御贔屓(ごひいき)にと」

頭を下げて外へ出ると、狸八はふう、と息を吐いた。ようやく肩の荷が下りた。小判の重さもそうだが、商家ともなると、椿屋の放蕩息子の顔が知られているのではないかと気を張っていたのだ。あれだけのいい品物を揃えているとなると、吉原に出入りのある客もいそうだ。

狸八は胸の辺りをさすり、書付があることをしっかりと確かめると、元来た道を歩き出す。足取りは行きよりも軽く、周囲を見渡す余裕もあった。

道端に、あるいは寺の塀の向こうに、あちらこちらに背の高いすすきが生えている。すすきの穂は白く綿毛(わたげ)になって、風が吹くたび、ふわりと空へ舞い上がって種を飛ばす。

狸八は足を止め、綿毛の行く先を目で追っていた。上野の空は青い。鳴神座へ来て半年、いや、それ以上の月日が経(た)った。あっという間だった。

このまま、きっと一年が経つのだろう。

そのうちに、二年、三年と経つのだろう。

以前、朱雀が言っていたように、鳴神座はこの先も安泰(あんたい)だ。先が透けて見えるようだ。客は増えるばかり、役者の人気は上がるばかりで、松鶴は名声を得て、やがてきっと、江戸三座に並ぶ。そうなるに違いないと、思わせるだけの力があの一座にはある。

狸八は綿毛が雲に溶けて見えなくなっても、なお空を見上げていたが、ふと気付いて、胸の奥が虚(うつ)ろになった。

思い描いた三年先の鳴神座の、その人の輪の中に己の姿がない。

活気に満ちた稽古場も、本舞台も衣裳部屋も小道具方の仕事場も、いくら探しても見つからない己の姿は、最後に訪れた作者部屋にあった。たった一人、古い正本を片付けている。

あれ、と狸八は己の両手を見る。今と変わらないではないか。鳴神座が変わっても、己は今と同じことをしているのか。

左馬之助や金魚から、松鶴の書いた本について教わっている。黒衣(くろご)だってやっている。それでも、三年後も同じことをしているのか。相変わらず作者部屋の見習いのままで、鳴神座にはいられるのだろうか。

まあ、それも仕方ないかと、早々に諦(あきら)めて狸八は再び歩き始める。三年くらいでは、己の立場など何も変わらないだろう。丁稚(でっち)だって三年では丁稚のままだ。十年近く一座で働いている金魚よりも仕事ができるかと問われれば、やはり自信はないと答えるだろう。

いや、待てよ。虎丸は鳴神座へ来てまだ二年と経っていない。それも、まったくの素人だったのだ。三年あれば、虎丸ならばもっと上へ行く。行けるはずだ。

俺はどうだろう。

今のまま作者部屋にいて、何かになれるのだろうか。

寛永寺の賑わいが近付いてきて、狸八は東に向かい道を曲がる。

『与一千金扇的』は、松鶴が二十過ぎの頃に書いたのだと左馬之助が言っていた。左馬之助に教えてもらって勉強し、扇の影として舞台に上がり、その凄さが身に染みてわかった。

話の元は平家物語だが、平家物語の台詞をそのまま書き起こしたのでは芝居にはならない。そもそもああいったものは台詞が少ないので尺も足りないが、それぞれの心情を表わすにも足りない。

そこで台詞を足し、登場人物それぞれがどういった性分なのか、よりわかりやすくしている。源義経はより短気に描き、畠山重忠は武勇に優れているだけでなく世渡りも上手い武士であること、那須十郎と与一とは、兄たちが平家に味方してしまったがゆえに、源氏にはけして逆らえないことを、台詞と動きでもって伝えている。

また、それぞれの性分をどれだけ強く表わすかが、役者の裁量に委ねられているのもおもしろい。演じる者によって、義経は声を荒らげて激昂することも、静かに苛立つこともある。与一に向けて言い放った台詞一つとっても、演じ方は様々だ。

そして二月の波の立ち方も小道具方によって違えば、扇の舞い上がり方も人によって違う。

狸八の口元に、自然と笑みが浮かんできた。

おもしろい。芝居の正本のことは正直まだよくわからないが、演じる者によって見え方の変わる話は、いい本なのではないだろうか。別々の人間で、何度演じてもおもしろいのだから。

それを松鶴は、今の狸八と変わらぬ歳の頃に書いたというから尚更だ。

「すごい人だ」と、思わず声が漏れた。自分にできるとは到底思えない。

だが、もしも、もしもだ。このまま鳴神座で芝居を学び続ければ、松鶴や兄弟子たちから学んでいけば。

「いつかは俺にも、書けるようになるのかな」

自分の口から出た言葉に驚いて、狸八はすぐさま頭を振った。だがその寸前、頭を過った鳴神座の光景では、狸八はみなと一緒に稽古場にいた。正本と役者の芝居とを見比べながら、松鶴や福郎とも、額を集めて話し合っていた。

胸が熱くなるのがわかった。夏芝居以来、足を踏み入れていない稽古場は、叱(しか)られた思い出ばかりだというのになにかきらめいて見えた。それと同時に、己が大それたことを考えているような気がして、思わず辺りを見回した。聞こえるのは経と虫の声ばかりで、人はまばらだ。狸八は安堵(あんど)の息をつく。

狂言作者か。夢みたいだ。

だが、この先も鳴神座にいるのなら。縁があってここにいるのなら。

夢を見るのも悪くねぇんじゃねぇか。

吐く息が震えた。大それたことだ。大それた夢だ。

しかし不思議と、届かぬものではないように思えた。道はもう目の前にあって、あとは己が踏み出すだけなのではないかという気がした。道の遥(はる)か先には金魚と左馬之助、福郎がいて、一番先には松鶴がいる。道は松鶴が拓(ひら)いてくれた。

その松鶴はどう思っているだろうか。福郎や左馬之助や金魚のように、狸八を育ててくれる気はあるだろうか。

いや、と狸八は思い直す。

まずは自分で進むのだ。盗めるだけ盗むのだ。これだけの人たちが近くにいるのだから。古い正本も山ほどある。まずはあれを読もう。福郎も言っていたではないか。あの正本は後の世の鳴神座のために残しておくのだと。そこにはきっと、狸八も含まれているはずだ。

よし、と景気づけに両の頰を叩くと、束の間ぴたりと虫の声が止んだ。

天気のよさもあってか、浅草寺の参道は賑わっていた。観音様に手を合わせると、狸八は晴れやかな思いで顔を上げた。早いところ鳴神座へ帰ろう。そう思った矢先、聞き覚えのある声がした。

「狸八さん」

声の主は喜平太だった。大きく手を振り、後ろから下駄を鳴らして駆けてくる。後ろから、ということは、喜平太も参拝の帰りか。

「藤吾さんから聞きました。あっしの代わりに、お使いに出てくださったと」

「ああ、いや」

その藤吾が、喜平太ではあぶなっかしいからと作者部屋へ来たとはさすがに言えない。

「俺もちょうど手隙(てすき)でしたから。それに、どこかへ出かけるようだったと聞きましたし」

狸八は本堂の方へちらりと目をやる。

「お参り、ですか？」

「ええ」

喜平太は額の生え際(はえぎわ)を掻く。

「うちの親方が、昼前にいつも浅草へ行くでしょう」

「ああ」

親方とは清助のことだ。

「その頃の浅草寺が、一番きれいだと聞いたんです。朱塗(しゅぬ)りの門が、空に映(は)えて。この時期は雲一つなく晴れるでしょう」

狸八は参道の先にある雷門(かみなりもん)へと目をやる。行き交(か)う人々の頭の上に、赤い門と黒い屋根。その上には、何もない。空がただ高く、一面の青を広げている。ときどき見える小さな点は、あれは鳶(とんび)だろう。振り返れば、やはり幕のような青空を背に、本堂がどっしりとそびえている。

「もう少しすると、もみじや柿も色付いて、大変見事だそうですよ」

「それはいいですね。清助さんは風流な人だ」

「まったくです」

人の往来をよけつつ、雷門まで歩いた。参道脇に並ぶ茶屋からは、汁粉や団子の甘い匂いに、うどんの出汁の匂いも漂ってくる。

「狸八さんは、小屋へ戻るんですか」

雷門をくぐったところで、喜平太が尋ねる。

「ええ。玉木屋さんからの書付を、勘定方に渡さないといけませんので」

すると少し考えて、喜平太が言った。

「あっしが持って行きましょうか」

「え？」

「だって、あっしの代わりに玉木屋さんまで行ってくださったのでしょう」

「いや、それは」

「それに、この前水汲みを手伝ってもらったお礼がまだです。あっしが届けますよ。藤吾さんにお渡しすればいいんでしょう？」

喜平太は顔をこちらへぐいと寄せてくる。あまりに一生懸命なので、狸八は断るのが悪いような気がした。書付だけならば、大金を持たせるよりはましだろうか。

「わ、わかりました」

そう言うと、ほっとしたように、喜平太が太い眉(まゆ)を下げた。狸八は懐から出した書付を、喜平太に渡す。

「では、頼みます」

「はい！　狸八さんはどうぞごゆっくり、散歩でもなさってください」

本音を言うと、散歩よりも早く帰りたいのだが。

書付を丁寧に懐にしまうと喜平太はずんずんと歩き始めた。が、十歩も行かぬうちに石に躓(つまず)き、その拍子に参拝客にぶつかって、ぺこぺこと頭を下げる羽目になっていた。

あんな調子で大丈夫だろうか。

「大丈夫か、あいつは」

狸八が思うと同時に聞こえた声は、低く、賑やかな参道でもよく通った。声のする方を見て、狸八はぎょっとした。茶店(ちゃみせ)の店先の床几(しょうぎ)に並んで座っていたのは、白河右近と紅谷八郎、そして頭取の鳴神喜代蔵だった。よりにもよって、鳴神座の大御所ばかりだ。狸八の全身から汗が噴き出した。

先ほどの声は、眉をひそめて喜平太を見る白河右近のものだ。目や鼻の大きい顔の造りは、化粧をしていなくても迫力がある。墨色の着物と灰色の羽織とを纏った厚みのある体は貫禄があり、梅之助の父親と言われても、すぐには信じられないほど似ていない。太い腕を胸の前で組む。

「拾ってくるのはかまわねぇが、先生も少しは人を選んでほしいもんだ」

「まったくだ。いくら人手が足りんと言ってもなあ。あれじゃ親方も困るだろうに」

そう言い、眉を下げて笑ったのは、隣に座る紅谷八郎だ。体は右近より一回りも小さく見える。白髪の多い髪は、役の鬘を被っているときよりも老けた印象にはなるものの、目つきの鋭さは芝居の最中と変わらない。孔雀と朱雀の父で、身に纏うしなやかで強かな気配は、二人の息子によく似ている。

紅谷の名にあやかって紅色のものを着るのも、息子たちと同じのようだ。深い臙脂の着物に、草色という、くすんだ緑の羽織を肩から掛けている。

「おめぇ、狸八っつったな。朱雀が世話になってるようじゃねぇか」

そう言われ、狸八は思わず恐縮する。まさか八郎に名前を覚えてもらっているとは思わなかった。

「いえ、世話だなんて、それはこちらの方ですよ。朱雀さんにはいつも」

「いいから座んな。あいつにも、ゆっくりしていけと言われたろう。ほれ、ちょうど空いた」

隣の床几を指されては、断ることもできない。この三人と何を話したらいいのだろうか。八郎は狸八の分の団子と茶も注文してくれたが、あまり長居はしたくないのが本音だった。いきなり殿様の宴会に呼ばれたようで、生きた心地がしないのだ。

一番端で茶をすすっていた鳴神喜代蔵が、ふっと嚙み殺したように笑った。

「どしたい、喜代さん」と、八郎が尋ねる。

「いや、儂がここにいて命拾いだな、狸八」

名前を呼ばれ、思わずびくりと震える。

「はい？」

「玉木屋の書付はたしかに見た。もしあいつがどっかで落としても、儂が藤吾に言っておいてやろう」

右近と八郎が同時ににやりと笑う。

「確かにな、そりゃ命拾いだ」

「よかったな」

勘定方は頭取座に含まれる。頭取座を仕切っているのは、頭取の喜代蔵だ。狸八がぺこりと頭を下げると、丁字茶の着物に黄みがかった灰色の羽織を合わせた喜代蔵は、やれやれと茶をすすった。

「新入りにもいろいろいるもんだ」

「大所帯になってきたからなぁ」と、しみじみと八郎が呟く。

「人はもっと要る」

「やりにくくならなきゃあ、いいがな。おお、団子が来たぞ」

そう右近が言い、店の娘の持ってきた団子の皿と茶とを渡されるが、この三人の傍では、とても喉を通りそうになかった。ひとまず茶に口をつける。

「あの、皆さんはここで何を？」

「ん？　昔話さ」

喜代蔵が参道を見渡し、目を細めた。

「ここらもずいぶん変わったってな」

「昔より人が増えたからよ」と、右近が言う。右近の声は間近で聞くと、びりびりとして肌が粟立った。

「店も増えた。こんなに客がいりゃあ、小屋掛けしても繁盛しそうだ」

　そりゃあどうだか、という八郎を置いて、右近は西の方を指す。

「おめぇ、玉木屋へ行ってきたんだったな」

「はい」

「上野なら、湯島天神にもよく小屋掛けしてたんだよ。昔はな」

　湯島天神は不忍池の南にある梅の名所だ。春の初めには、雲のように白梅が咲き揃い、それを目当てに人が集まる。露店にまじって芝居小屋も建つが、宮地芝居の簡素な造りの小屋には花道もなく、舞台と土間があるだけで、席札の値も今とは比べ物にならない。安い分、芝居にもたいして期待はできないものだ。

　鳴神座は宮地芝居からここまで大きくなったのだと、以前松鶴から聞いたことがある。八郎が懐かしそうに言う。

「湯島天神、市ケ谷八幡、芝神明。この浅草寺もな。縁日は客が入るから、ほかの一座と取り合いになんのよ」

「右近さんと八郎さんも、その頃からいらしたんですか」

「当たりめぇよ」

右近がすぐに答えた。八郎は目つきを和（やわ）らげて頷く。

「あの頃の鳴神座には、本当に人がいなくてな。役者と裏方合わせて、十何人かいただけさ。小屋を持てるまで残ったのは、喜代さんに、先代の鳴神万七（まんしち）さん」

「儂の親父（おやじ）だよ」と、喜代蔵が言った。

「それから俺と右近と、十郎はまだほんの子供だったが、それでもよくやってたさ。あとは雷三さんと」

「雷三さんもですか？」

「おう。今の裏方で付き合いが一番長いのが雷三さんさ。あの頃は、今みてぇに仕掛けに凝れねぇからな。せいぜい差し金や、きれを敷いて川に見せるくらいだった。それも役者がやってたんだ」

え、と狸八が目を丸くすると、それを見て右近が笑った。

「もちろん黒衣なんざいやしねぇ。俺は裃（かみしも）をつけたまんま、川の水をざぶんざぶんとやってたな」

右近は、浅葱（あさぎ）色の布を大きく波立たせるときのように腕を振る。

「武士が川を作ってらって、指ぃ差されて笑われたんだ。ほとんど袖もないような舞台だったからな。客から丸見えよ」

笑われたと言いつつ、右近は楽しそうに語った。今の鳴神座があるがゆえかとも思ったが、自分たちの手で芝居をつくっていく楽しさは、今も昔も変わらないのだろう。

客はせいぜい四十人程度しか入らぬ小屋の中、太夫や囃子方などもちろんおらず、三味線や鼓は習いたての素人が、勢いに任せて鳴らしていた。浄瑠璃は手の空いた役者たちが、代わりばんこにそれらしく節をつけて歌ったという。

「浄瑠璃は松鶴先生もやってたぜ」

「先生が？」

「もどき、だけどな」

八郎が言い、顔を見合わせた三人の顔に笑みが浮かぶ。喜代蔵が両の膝に手を置いて、前のめりになって言った。

「先生は、うちに十人もいないうちから、いつかこの一座で大芝居をやるって息巻いてたからなぁ」

「え」

「先生らしいだろう」

喜代蔵にそう言われると、たしかにそう思えた。

「初めはおかしな人だと思ったよ。まだ若いのに、頭の毛は全部剃っちまってるし」

「若い頃からそうだったんですか？」

「二十歳ぐれぇのときからそうさ。なんで剃ってるか、聞いたかい？」

いいえ、と狸八は首を振る。

「話ィ考えてると、どうしようもなく頭が熱くなるんだと。それこそ倒れちまうくれぇにな。だから全部剃っちまって、夏には頭から水ぶっかけてたし、冬でも濡らした手拭いを頭に被せてたんだ。ありゃ驚いたさ」

右近と八郎も思い出したらしい。

「すげぇ人が来たもんだと思ったが、書かせりゃ芝居はおもしろい。突拍子もないのもずいぶんやったもんさ」

「与一千金扇的はな、初めは、与一と玉虫御前の駆け落ち話だったんだ」

「ええ、そんな無茶な！」と、狸八が思わず声を上げると、八郎がその顔を見ておかしそうに笑った。

「与一と玉虫御前がな、どうやって九郎判官の目を欺くかってあれやこれやとやってな。与一が女装したり、玉虫御前が襦袢一枚で海に飛び込んだり。最後は舟に乗ってとんずらこくのさ」

「小屋掛けしてた頃は、いかに客を呼ぶかが大事だったからな」

喜代蔵が茶をすすり、松鶴を庇うような口ぶりで言った。

「そういうおかしなのから人気に火が点いて、だんだんと今の形になったんだ。今の小屋に移ってからは、花道も使えるようになった」

狸八は湯呑を置いて腕を組む。

「その正本、作者部屋にまだありますかね」

右近が答える。

「捨てちゃいねぇだろ。福郎は几帳面だからな。取ってあると思うぜ」

「帰ったら探してみます」

「それはいいが、おめぇ、団子食わねぇなら俺が食っちまうぞ」

受け取ったときのままの皿を指差され、狸八は慌てて首を振る。

「いえ！　いただきます！」

がっつくように口へ運ぶと、右近は豪快に笑った。

「おお、若ぇもんはどんどん食え！」

団子が腹の中に落ちていくのがわかり、狸八は腹が減っていたことを知る。上野まで歩いた疲れも空腹も、すっかり忘れていた。

「まったくな」と、しんみりとした様子で、喜代蔵が深く息を吐いた。

「あんな立派な小屋が持てるようになるとはなぁ」

「大芝居ですよ、喜代さん」

八郎が、喜代蔵の背に手を当てる。右近も頷いた。

「ああ。江戸三座と肩ぁ並べる日も夢じゃねぇ。本当に、先生の言う通りになってる」

喜代蔵が狸八の方へと顔を向けた。その目は赤く、涙ぐんでいるように見えた。狸八は思わず団子の皿を置いて、膝に両手を乗せた。

「大芝居だ三座だ、そんなこたぁ考えられなかった。理屈じゃとても考えられねえ。だが、信じられなかったわけじゃない。わかるかい？」

狸八は一度頷く。それから、何度も繰り返すように頷いた。

「わかります。なんとなくですが」

遠すぎてとても見えない。けれど、道の先にはたしかにある。松鶴にはそれがわかっていたのだろう。辿（たど）り着くためには、何よりも歩みを止めないことが大事だった。進む松鶴を、一座は信じたのだ。

　喜代蔵は満足気に言う。

「おめぇも、先生の背中をよく見てついて行きな」

なにかくすぐったいような思いがして、狸八は唇を嚙みしめて深く頷いた。

しかし、と八郎が喜代蔵を見て言う。

「佐吉はいい役者になった。これからもっと伸びる。十郎も喜代さんも、うまく育てたもんだ」

　照れ隠しか、そうかい、と喜代蔵は素っ気なく答えた。

「八郎んとこの息子たちもな。孔も朱も立派なもんだぜ」と、右近が言い、狸八も横で賛同するように頷く。朱雀など、まだ十六だというのに見事な芝居をする。

「右近に褒められるたぁ、明日は雨かな」

「けっ」

「だが、おめぇんとこの梅之助に比べりゃあまだまださ。無論、佐吉にもな」

八郎の言葉は、謙遜には聞こえなかった。喜代蔵の顔つきも変わる。

「梅之助は、ありゃあ稀代の役者になるぞ、右近。道を間違えねぇように、よく見てな」

　喜代蔵に対して下げかけた右近の頭が、途中で止まる。

「そう言ってもらえるのはありがてぇ。だが」

　右近はそこで言葉を切った。

「なんだ？」と八郎が尋ねると、右近はそれまでにはない気弱な顔を見せた。

「俺ぁ、近頃あいつが怖くてな」

「右近？」

「俺もかかあも、あんなに器量良しじゃあねぇし、色気もねぇ。あんな毒を孕んだような目だってできねぇ。誰に似たんだ……俺ぁ、ときどきあいつが恐ろしい。物の怪を見てるようだ」

　狸八は息を呑む。敵役では右に出る者のいない右近の、厚みのある体が、小さく縮こまって見えた。喜代蔵と八郎もしばしの間無言だったが、やがて喜代蔵が口を開いた。

「なにばかなことを言ってる。おめぇの息子だ」

　その声は低く、重かった。

「そりゃあそうだ、喜代蔵さん」

右近は自嘲するように小さく笑う。

「だからだ」

その響きは、右近の言葉が本心であることを物語っていた。喜代蔵と八郎も口を噤む。右近は思い出したかのように、ぐるりと首を回して狸八を見た。

「おめぇはどうだ？　梅之助が怖くはねぇか？　同じ舞台に上がったろう」

どきりとする。夏のことを思い出すが、舞台の上のことよりも、黄色いぼんぼりのついた差し金を一刻余り振り、得るものもなく帰ったあの晩のことが先に頭を過った。

舞台の上では己を殺せ。見える黒衣はいらないのだと、冷たく告げたあの顔が、何よりも記憶に残っている。思い出すだけで背筋が震えるほどだ。

「怖いです」

行き交う人に目をやって言う。

「けど、きれいだと思います。あんなきれいな女形、俺はほかに知りません。だから余計に怖くて。きれいだから怖いのか、怖いからきれいだと思うのか」

右近がふんと鼻を鳴らした、それが肯定なのか否定なのかはわからない。

「怖いけど、逃げたくなるような怖さじゃないんです。もっと近くで見てみたい。もっと近付いてみたいと、思うような、怖さで」

途中から、自分でも何を言っているのかわからなくなり、狸八は口を閉じる。

「怖いもの見たさってことか」と、喜代蔵が言った。右近がまた鼻を鳴らし、絞り出すように言う。

「それじゃあまるで、傾城じゃねぇか」

あの晩、遅くまで小屋に残っていた衣裳方の伊織が言っていた。

梅之助さんのためなら、なんのこれしき、ですよ。

役者のために尽くすのが裏方だ。けれど、役者だから尽くしているのではない。梅之助だから尽くしているのだ、この人はほかとは違うのだと、そう思っている裏方が多いことはわかる。

「傾城……」

呟いた声は秋の高い空に吸い込まれてしまったようで、応える者はいなかった。

楽屋口を入ろうとすると、どこからか自分を呼ぶ声がした。

「おうい、狸八サン！　おうい！」

きょろきょろと辺りを見回すと、若狭屋の二階から、身を乗り出して手を振る人影が見えた。

「朱雀さん？」

本当は一刻も早く作者部屋へ戻って昔の正本を読みたかったのだが、呼んでいる相手が紅谷朱雀となれば無視するわけにもいかない。慌てて若狭屋の方へと向かう。

「上がってきなよ。今は作者部屋も暇なんでしょう？」

若衆髷（わかしゅまげ）に暗紅色の着物を纏った朱雀は、窓の格子に手をかけて目を細める。

「ええ、まあ。ではお言葉に甘えて」

「そういうのいいからさ」

相変わらずからりとしたその口ぶりは、八郎によく似ている。曖昧（あいまい）に笑って答え、狸八は若狭屋の暖簾（のれん）をくぐる。店主の娘の多喜に、朱雀に呼ばれたのだと言うと、二階へと続く梯子（はしご）へ通された。

鳴神座御用達（ごようたし）の若狭屋では、名の知れた役者が来ると、何も言わずとも店主が二階へ通す。人目を気にせず、ゆっくりと寛（くつろ）いでもらうためだという。この二階へ通されるかどうかが、役者たちにとっては気になるところなのだ。

銀之丞はまだ一階だが、朱雀は二階へ通される。だが、朱雀は一階のごちゃごちゃとした喧騒を好んでおり、大抵の場合は下にいる。金魚や銀之丞と一緒にいることが多いのも理由だろう。今日はめずらしいなと思いながら梯子を上り、広々とした座敷が見えてきたところで、狸八はなるほどと合点がいった。

朱雀と一緒にいたのは、金魚と白河梅之助だった。

「来たね、狸八サン」

屈託なく笑う朱雀とは反対に、相変わらず涼やかな目をした梅之助は、こちらを見もしなかった。湯屋の帰りだろうか。薄化粧をした顔に、下ろした洗い髪はまだ濡れている。前髪だけ上げて櫛を挿しているが、それがまたなんとも色っぽい。

こんな二人と一緒で金魚はよく食が進むなと、卓の上に並べられた蕎麦と稲荷寿司、それから漬け物と蜜豆を見て思う。蕎麦はせいろごと蒸す蒸し蕎麦で、まだ湯気が立っていた。良い香りがする。その蕎麦をつゆに浸して、金魚が言う。

「今日はもう、先生たちは帰りました」

「福郎さんも、左馬さんも？」

「ええ」

　朱雀が梅之助の隣に移り、狸八は金魚の隣に腰を下ろす。向かいは梅之助だ。先ほどの茶店での話が頭を過り、飯を食うどころではなかった。朱雀が皿をこちらに押して勧めてくるのを、そっと手で制して断る。

「先ほど、団子を食べてきまして」

「じゃあ漬け物だけでも食べていきなよ」

　そこへ多喜がちょうどよく、茶と箸とを運んできた。注文がないことを伝えると、残念そうに言う。

「焼き茄子や湯豆腐なんか食べやすいけど、どうですか？　秋茄子、もうすぐ終わりだから」

　柔らかい茄子を思い浮かべたらよだれが出てきた。それなら食えそうだと言おうとすると、先に朱雀が手を上げた。

「俺、焼き茄子がいいな」

「はい。狸八さんも焼き茄子にする？」

「あ、はい」

　満足げに頷いて、多喜が梯子を下りていく。その音を聞きながら、なんだ食うんじゃないかと、朱雀がいじわるげに笑う。なんだか銀之丞のようだ。二人の仲がいいのも頷ける。

「狸八さん、勘定方のお使いで出かけたと聞きましたが、そちらはもういいんですか」

　金魚が尋ねる。

「ああ、それなんだが」

狸八は喜平太に玉木屋の書付を預けたことを話す。喜平太は無事に小屋まで帰ってこられたのだろうか。

「え、それはまずいですよ」

　金魚は眉をひそめた。

「書付をなくしたら大ごとです」

「金魚はまじめだからなぁ」と言う朱雀に、反論するように金魚は言う。

「お使いは頼まれた人が最後までやった方がいいんです。風呂番の喜平太さん、ですね。勘定方にはあっしから話しておきましょうか。喜平太さんが藤吾さんになんと伝えたかわかりませんが、狸八さんが途中で投げ出したようになったらいけませんし。狸八さんも不本意でしょう」

「いや、それなら大丈夫だ。その場に喜代蔵さんもいたんでな」

「え？」

金魚と朱雀はきょとんとし、それまで興味がなさそうに蕎麦をすすっていた梅之助は、初めてこちらを見た。

狸八は浅草寺の仲見世でのことを話して聞かせたが、喜代蔵たち三人の、息子や孫たちへの評価は黙っておくことにした。それぞれに褒めてはいたが、梅之助を目の前にすると、ここで右近の話をするのは憚られた。父が息子に対して抱えている思いがあるように、息子もまた、父に対し思うことがあるのかもしれない。

「へえ、おやっさんたちと」

「昔の鳴神座の話をいろいろと聞かせてもらいました」

「どうせ苦労話でしょ。昔は大変だったけど、今は立派な小屋が持ててなんとかって」

朱雀の言う通りなものだから、狸八は苦笑いを浮かべる。

「いつもそうなんだよ。初めて聞いたんなら、おやっさんたちも喜んだろう。若いのを摑まえちゃ聞かせたがるんだ。団子は聞き賃だよ。俺だって何回聞かされたことか。ねぇ、梅兄」

「そうだね」

　一言だけ答えると、梅之助は目を伏せて微笑んだ。その顔に、傾城、という言葉が過る。昔話は誰にでも話していたかもしれないが、息子たちについて話したのは、今日が初めてだったのではないだろうか。右近の顔や言葉や、それに応える喜代蔵と八郎の言葉を思うと、そんな気がする。

「あ、でもあの三人はね、ああ見えても若い頃は、浅草三羽烏って言われてたんだよ」

「三羽烏？」

「昔から人気はあったんだ。口では苦労したとか言っても、うまいこと遊んじゃいたんだから、苦労したのはおかみさんたちの方だと思うよ」

　朱雀の言いざまに金魚が苦笑する。だが朱雀の言い分もわかる。今でも男前な三人だ。若い頃はさぞ見目がよかっただろうし、稼ぎが少ないからといって慎ましく暮らすようにも思えない。

「八郎さんと右近さんとは初めて話したんですが、朱雀さんは八郎さんによく似てますね」

「そう？」と、朱雀は意外そうな顔をする。

「ええ、目つきとか、鼻筋のすっと通ったのなんてそっくりですよ。笑い方なんかも」

「へえ、そいつはうれしいな」

照れた様子もなく素直に口にするので意外に思っていると、朱雀が目を瞬いた。

「あれ、もしかして聞いてない？」

「何をです？」

「俺、養子なんだよ。おやっさんの」

「えっ」

目を見開いたまま、首をぶんぶんと振る。

「そうか、狸八サン知らなかったんだ。兄さんはおやっさんの実の子だけど、俺は十かそこらのときに買われたんだよ」

「買われた？」

「買われた、は少し違うんじゃないですか？」と、金魚が横から言う。

「でも、金を払ってくれたことには変わりないからね」

へへ、と笑って朱雀は言う。

「親が俺を茶屋に売ってさ、連れて行かれる途中で、おやっさんと兄さんと会ったんだ」

　女が売られて女郎になるように、見目のいい男子を売っている見世もある。陰間茶屋と言い、大抵は声が低くなる前の若い男子が客を取る。客には男も女もいて、女犯がご法度な僧侶なんかも来るというから、なんとも生臭い話だ。

「まあ、親にとっちゃあ、手っ取り早く金が手に入るからね。見世へ向かう道すがら、茶店で休んでたら、ちょうど同じところにおやっさんたちがいてさ。兄さんがじっと俺の顔を覗き込んで言ったんだ。お父つぁん、顔のきれいな子がいるよ。俺の弟にどうだろうって。何を言ってるんだろうと思ったけど、そうしたら、おやっさんまで俺を見てね。その場で、立てだの回れだの言い出して、よくわからないままとりあえず手足を動かしてたら、おやっさんが茶屋の男にね、この子はいくらだって。そりゃ驚いたよ」

　懐かしいな、と朱雀は呟く。

　朱雀はそのまま紅谷家に迎えられ、次の日からは稽古三昧だったという。

「あとあと聞いたら、紅谷のおっかさんはもう子供が産めなかったらしくてね。でも子供はもう一人ほしかった。そりゃあよくしてもらったよ。今でもそう。兄さんと同じようにかわいがってもらってる」

そうでしたか、と狸八は応える。

「俺に話してよかったんですか？」

「知ってる人は知ってる話だからね。かまわないよ。でも、そうか、俺、おやっさんに似てるのかぁ」

しみじみと、心底うれしそうに朱雀は笑った。朱雀のこんなにも柔らかい顔は初めて見た。これがきっと、役者ではないときの、一番素に近い顔なのだろうと思う。

「うちとは大違いだね」と、梅之助がぼそりと言った。

「俺は似てるなんざ言われたことがないよ」

「梅之助さん、誰かに似てるって聞いたことがありますが」と、金魚が腕を組む。ああ、と声を上げたのは朱雀だ。

「右近さんのおばあさんに似てるんじゃなかったっけ、梅兄」

それを聞いた梅之助は、思わずといった様子で鼻で笑った。

「いっそばかばかしいね」

「そんなこと言わないでよ梅兄」

「誰が見たことがあるってんだい。あの人のばあさんを」

「喜代蔵さん、はないか。万七さんかな」

「その人は俺が三つのときに死んだよ」

「あの、梅之助さん」と、狸八はおずおずと声を上げる。梅之助の目が、真正面から狸八を見る。まるで鷹（たか）か何かを相手にしているかのような迫力だ。目を逸らせない。

「なんだい」

「あ、いえ、その、梅之助さんは、右近さんのことをどう思ってらっしゃるのかと思いまして」

「どうって、それを聞いてどうするんだい」

鼻で笑いながら、梅之助は目を逸らす。逸らされて、狸八は少しほっとする。とんとんと梯子の方から音がして、多喜が両手に皿を持って上がってきた。二人分にしては多い量の茄子が、皿の上で湯気を上げている。

「どうせなら人数分持って行けって、お父つぁんが焼いてくれたの」

ほかほかと湯気の立ち上る、皮を剝（む）かれた翡翠（ひすい）色の茄子を、四人の前に並べていく。

「わ、うまそう。お多喜さんありがと」

「いただきます。大将によろしく言ってください」

朱雀と金魚が目の色を変え、さっそく箸を伸ばす。

「どうぞごゆっくり」

多喜が空いたせいろを持って降りていく。焼き立ての茄子をふうふうと冷ましながら、かぶりついては熱いと声を上げる朱雀と金魚とを、梅之助は横目に見て頬杖(ほおづえ)を突いた。箸の先で茄子をほぐしていくが、食べようとはしなかった。ただ細かく、ぐちゃぐちゃに裂いていく。

「芝居は、うまいんじゃないかい。ただ……少し大袈裟(おおげさ)だね」

茄子に目を落としたままそう呟くと、梅之助は口元に静かな笑みを浮かべていた。

作者部屋の棚の、一番上の端に、松鶴が鳴神座で書いたもっとも古い正本がある。それはどこぞの旗本が、手を付けた女中を自身の身勝手さのために殺し、その女中の幽霊に取り憑(つ)かれるという怪談話だ。今の松鶴の、時代物や仇討(あだう)ちを主とした作風とはずいぶんと違う。聞いたところによると、若い頃は怪談も世話物も滑稽（こっけい）話も、なんでも書いていたというが、だんだんと今の作風に落ち着いたらしい。

紙は端の方ほど茶色くなり、細かな字は読みづらくなっていた。片付けをしているときは、どうしてこんなぼろぼろの本を残すのかと思い、書かれた年くらいしか見なかった古い正本が、まさか己にとって意味のあるものになるとは思わなかった。

『怪談月夜之萩（かいだんつきよのはぎ）』と題された正本は、めくっても、初めは登場人物も話の流れも、今ひとつわからなかった。

正本特有の書き方で、上から三分の一ほどのところに線が引いてあり、それより下に台詞が、上にはその台詞を言う者の名が記されているのだが、役名ではなく役者の名で書かれているので、誰が女の役を演じているのかさえわからない。役を読み取るまでが一苦労だ。

そういえば、夏に銀之丞がもらっていた書抜（かきぬき）にも、鶯（うぐいす）という役名はどこにもなかった。銀之丞、と書かれた下に、台詞があるだけだった。

配役は、題の書かれた表紙の裏に走り書きが残っていたので、それと見比べながら、誰が旗本役で誰が女中役のようだと当てはめながら読んでいく。端役（はやく）までは表紙の裏にも書いておらず、半ばから急に出てきた右近と八郎の名に戸惑ったが、どうやら二人は旗本家に仕(つか)える家臣のようだった。あの二人も、始まりは端役からだったのだ。

なにか微笑ましい心持ちになりながら、次の正本を手に取る。だんだんと正本の読み方に慣れてくる。一つ読んでは前の本に戻り、誰の立役(たちやく)が多いとか、この人は女形もできるのかと、少しずつ、たった十数人しかいなかった頃の鳴神座を知っていく。

早くに出番を終えた者は、きっと裏方の仕事をしているのだろう。湯島天神や浅草寺の境内につくられたという、小屋の大きさまでもが手に取るようにわかる。一つの場面には、多くても五人の役者しか登場しない。それ以上並ぶと窮屈なのだろう。

少しずつ、少しずつ、松鶴の頭の中を探るように読んでいく。

息を詰めて夢中になっていると、ふいに障子が開いた。

「なんだ、勉強か？　感心感心」

入ってきたのは左馬之助だった。畳に並べた正本の表紙を見て眉を撥(は)ね上げる。

「こりゃまた、昔のを引っ張り出したな。先生が見たら、そんなもんしまえって言われるぜ。お、月夜之萩か。いいだろう、それ。俺好きなんだ。女中の幽霊が男を憑り殺すとこなんか最高だ。さすがにもう、やることもねぇだろうが」

「左馬さん、いくつか訊いてもいいですか？」

「ああいいぞ。なんだ？」

狸八は横へ少し避け、そこへ左馬之助が腰を下ろす。狸八は読みかけの正本を差し出す。

「ここなんですが、この、よろしく、というのは何かおかしくありませんか。台詞が嚙み合っていないと思うんですが」

役者の名の下、本来台詞の書かれるべきところに、一言「よろしく」とあるのだが、前後の台詞を見る限り、よろしくと言うような場面ではないのだ。

「何か所かあるんですが、よろしくのところはいつも嚙み合っていなくて」

「ああ、これか」

左馬之助は前後の台詞を指でなぞる。

「これはな、その場の加減で、役者のいいようにやってくれってことだ。よろしくやってくれりゃあいいぞ、と」

「そんなことがあるんですか？」

唖然とする狸八を見て左馬之助は笑う。

「ああ。昔の本には特に多いんだ。先生一人で数をこなしてたからな」

「役者は困らないんでしょうか、こんな」

適当で、という言葉はかろうじて飲み込んだ。

「いや、むしろ自分の味を出せるからな。よろしくは腕の見せ所でもあんのよ」

「なるほど……」

「まずけりゃ先生は怒ったみてぇだけどな」

それはずいぶんと理不尽なのでは、と狸八は苦笑いを浮かべる。

「あ、あと、この丸は何でしょう」

台詞の代わりに、大きな丸印が一つ書いてある箇所を指して尋ねる。

「これは『おもいれ』っつってな。台詞はないが、思い悩む芝居をしろってことさ」

「へぇ、おもいれ、ですか」

「夏に吉原宵闇螢、やったろう？」

「はい」

「あれの、梅之助さんが一人で芝居するとこ覚えてるか？」

狸八は頷く。身請けの決まった花魁の鳴鈴が、故郷を同じくする若侍に出会ったことで心が揺らぎ、苦悩する場面だ。舞台の上手へ行き、そちら側の客へ憂いを込めた流し目を送ったかと思えば、踊るように下手側へ行き、そちらの客も魅了する。見物席中の注目を集めると、最後には舞台の中央に膝をつき、崩れ落ちそうになりながら、己の身を嘆く。

「あれ全部、おもいれとよろしくだぞ」

「え」

狸八は目を見開いた。

「卜書きはあるけどな。舞台を大きく使え、ってことくらいしか書いてない」

「じゃあ、梅之助さんが全部自分で考えて、あれだけの尺を？」

「そういうことだ。いい役者ってのは、頭ぁ使って芝居をするんだ。正本に書いてある台詞が言えるだけじゃ、いい役者とは言えねぇのよ」

狸八は深く、感嘆のため息をついた。立ち稽古の頃から、梅之助の芝居はすでに定まっていたように見えた。

「それにな、こっちも役者の度量を見て配役も台詞も決めてる。梅之助さんに任せるなら、下手(へた)に台詞を書いて縛(しば)るよりも、おもいれとよろしくで好きに動いてもらった方がいいだろうって話になってな」

「なら、もしも鳴鈴がほかの人なら」

「兄さんも台詞を書いただろうな」

役者といえども、誰にでもできることではないということか。ため息をついては頷くばかりの狸八を、赤べこのようだと言って左馬之助は笑った。

「ほかにはあるか？」

そう訊かれ、狸八ははっとして正本をめくり、左馬之助の方へと向ける。

「ええと、ここなんですが」

そこへがらりと障子が開いて、松鶴が福郎を連れて入ってきた。左馬之助と狸八はすぐさま体の向きを変えて頭を下げる。

「おう、左馬、ちょうどいいところにいたな」

「ご用でしょうか」

「顔見世の本が決まった。書くぞ」

左馬之助の顔つきが変わる。

「何をやるんですか」

左馬之助が尋ねる。

「ん、怪談をな」

「怪談？」と、思わず狸八は口にする。

「これから冬になるのに、ですか」

「あん？　狸八おめぇ、冬は幽霊が出ねぇとでも思ってんのか？」

松鶴が呆れた顔で言う。

「幽霊が時期を見て出るなんざ、思ってるんじゃねぇだろうな。ん？　それにな、春夏秋冬、今に昔、京に江戸、いつでもどこでもやれるのがこの芝居小屋よ。春に春の芝居、秋に秋の芝居だけじゃあつまらねぇだろう。夏に忠臣蔵、冬に牡丹灯籠。なにが悪いってんだ。いっそ風流じゃねぇか」

なるほど、松鶴の言う通りだ。しかし、芝居小屋は本当に何でもありなのだなと、狸八は唸る。

「では、牡丹灯籠ですか」と、左馬之助が訊くと、松鶴は首を横に振った。

「月夜之萩をやる。あれを書き直すぞ。今度はせりが使えるからな。左馬、手伝え」

「はい」

自身の机に着きながら、左馬之助はこちらを見ると気まずそうな笑みを浮かべた。もう演じられることもないだろうと言った矢先だ。狸八も同じように笑みを浮かべると、松鶴の机の上に『怪談月夜之萩』の正本を置いた。

「なんだ、用意がいいな」

「ちょうど読んでおりまして」

「そうか」

たいして興味もなさそうに頷くと、松鶴は羽織を脱いで背の後ろに落とし、古い正本を読み始める。宮地芝居で演じていた頃とは、役者の数も舞台の広さも違う。どう組み立て直すか考えているのだろう。

部屋の端へ行こうと、狸八は腰を上げる。

「おい、なにか落ちたぞ」

見ると、畳の上に落ちていたのは猫の折形(おりかた)だった。春に麴町の椿屋へ行った際に折った、書き損じの正本でできたまだらの猫だ。丸まって眠る猫の姿を模している。あれ以来、御守りのように懐へ入れっぱなしなものだから、耳も尻も、端が折れて丸まっていた。狸八は慌てて拾い上げると、懐へ放り込む。

「折形とは。女か？」

左馬之助がからかうような目で言った。

「違いますよ。俺が折ったんです」

「狸八が？」

「女きょうだいでもいたのか」と、尋ねたのは福郎だ。

「いえ、弟だけですが」

言ってしまってから、慌てて口を噤む。弟がいることは、金魚にしか話していなかった。松鶴の目は正本の文字を追っていて、こちらのことなど気にしていないようだったが、ぽつりと言った。

「女きょうだいもいねぇのに折形か。たいしたもんだな」

松鶴は、どういう意味で言ったのだろう。声は硬く、褒めているようには聞こえなかった。

福郎がそっと狸八の背をつつき、出ていくようにと顎で示した。ここから先は二枚目、三枚目までしか出番がないのだ。狸八は頷くと、古い正本をいくつか取って小脇に抱え、そそくさと作者部屋をあとにした。

それから数日、作者部屋に松鶴たち三人が籠るようになり、仕事を言いつけられることのなくなった狸八は、裏庭に日当たりのいい場所を見つけ、古い正本を読み耽っていた。

この季節の日差しの心地良さといったらない。鳴神座へ来る前も、秋は雨さえ降らなければ、土手の草の上でも十分に眠れた。あれはあれで悪くなかったなと、懐かしく思い出す。だが、そんな時期は短い。冬になれば、明日生きているかどうかもわからないのだ。

衣裳蔵の影が手元に落ちてきて、狸八の正本をめくる手が止まる。夢中になっているうちに、もう八つ時だ。昼飯を食べ損ねてしまった。さすがに何か食いに行くかと小屋の裏口を入ると、光の中にいた余韻で、目の前が真っ暗になった。

何度か瞬きをしながら進む。今はほとんど人の出入りもないから、ぶつかることもないだろう。そのうちに最初に見えてきたのは、廊下に佇む小さな影だった。狸八は目を凝らす。

「金魚……？」

金魚は作者部屋の前の廊下に正座していた。耳を障子につけるかのように、横を向いている。狸八に気付くと、金魚は唇に人差し指を当てた。

「何をやってるんだ？」

声をひそめて尋ねたのだが、金魚は少しばかり苛立った様子で、立ち上がりこちらへやってきた。

「先生たちの話を聞いているんです」

指差す先の作者部屋からは、時折、ぼそぼそと声が聞こえる。

「なるほど、勉強か」

「門前の小僧、なんとやらってやつです。教えてもらうのを待っていては、遅いですから」

「へぇ、熱心だな」

「狸八さんこそ」

金魚は狸八の手元を見て言った。

「狸八さんが近頃勉強していると、左馬兄さんから聞きました」

「勉強っつったって、読んだり眺めたりしてるだけだ」

まだ言葉の意味がわからず、読み解けないところもあるほどだ。狸八は苦笑したが、金魚は首を横に振った。

「それでも、始めるか始めないかは大きな違いですよ。始めなければいつまでも、何もわからないままですからね。狸八さんは始めた、ということは、この道を行くことを決めたんでしょう？」

相変わらずだ。金魚の黒目がちのまっすぐな目は、人の些細（ささい）な変化も見逃さない。

「まぁな」

「あっしらにとってはうれしいことです」

「そうか？」

小声で話していたのだが、作者部屋の中から、福郎らしい咳払（せきばら）いが聞こえた。さすがにここで立ち話をしていては邪魔だ。金魚が隣の部屋を無言で指した。

作者部屋の隣は、囃子町（はやしまち）と呼ばれる、囃子方の部屋だ。稽古や本番の前に、囃子方がここで三味線や鼓、尺八などの鳴り物の調子を整える。鳴り物を火で炙（あぶ）ることもあるため、部屋の真ん中には囲炉裏（いろり）が設（しつら）えられている。

囃子方の姿はしばらく見ていない。囃子方や浄瑠璃方は、近くに別の稽古場を持っているため、こちらの稽古が始まるまで小屋に来ることはないのだ。ひと月余り使われていない部屋は、水たまりのような匂いがして、板張りの床は冷たかった。

壁に背をつけて、金魚と並んで座る。座布団までがしんなりと冷たくて、かえって尻が冷えるようだった。作者部屋にいると鳴り物の音が聞こえてくることがあるように、こちらにも作者部屋の声がわずかだが聞こえた。

「金魚、ありがとうな」

手を口に添え、声を落として言うと、金魚は何のことかと目で尋ねてきた。

「俺の家のことだ。先生にも、黙っててくれたんだな」

松鶴は何も知らないようだった。

「わざわざ話すことでもないですから」と、金魚は膝を抱えて座ると、そこへ顔をくっつけた。耳を澄ましているようだが、作者部屋は静かだ。それぞれ筆を動かしているのだろう。さすがにその音までは聞こえない。

「金魚の出番はまだ先か」と、小声で尋ねると、金魚は頷いた。

「本が仕上がってからです」

正本がある程度仕上がれば、金魚にも正本から台詞を書き抜く仕事が与えられるのだが、それまではたいした仕事はない。せいぜい、松鶴の好きな羊羹を買いに行く程度だ。

部屋と部屋とを区切る壁を、金魚はじっと見つめている。壁のあちら側とこちら側とでは天と地ほども違うのだと、その目は物語っていた。

しばらくすると金魚は肩を落とし、深く息を吐いてうなだれた。そのまま黙り込む。

「悔しいのか」

作者部屋へ行きたいのだろう。

「悔しいというより、情けないんです。もう十年近く先生のお側にいるのに、いまだにあっしは蚊帳の外です。狸八さんと同じ扱いだなんて」

「悪かったな」

「狸八さんが悪いんじゃありません。まだここへ来て半年でしょう。あっしがふがいないだけですよ」

頭のうしろを壁につけて、金魚は天井を見上げた。ようやく年相応の顔を見せたとでも言うべきか、めずらしく、落胆がありありと顔に出ていた。いつもは曇りのないまなざしをしているものだから、その差に狸八はなんだかかわいそうになる。松鶴も、せめて金魚を呼んで話し合いを聞かせてやればいいのにと思うのだが、何がいけないのだろうか。

「金魚は」と、一度言葉を切って、狸八は言葉を選ぶ。

「どんな話が得意なんだ？」

正本を書けるのか、などと尋ねれば、余計に落ち込ませるかもしれない。頭を壁につけたまま、金魚は目だけでこちらを見る。

「何が得意と言えるほど、まだ書いたことがないんです」

「じゃあ、何が書けるようになりたいんだ？」

そう訊くと、金魚はのそりと体を起こした。

「そりゃあ、先生のように時代物、ですかね」

「源平か」

「ええ。武士の情けとか忠義とか、そういうものはあっしも格好良いと思いますから」

　黒目がちの目が、狸八の脇に置かれた正本へと向けられる。

「前に、書いてみたことがあるんです。短いですけど、壇ノ浦（だんのうら）の一幕を」

「壇ノ浦か。そりゃ豪勢だな」

　平家最後の戦いだ。義経の八艘（はっそう）飛びに、まだ幼い安徳天皇と、三種の神器を持った女房たちの入水。山場は多そうだ。

「福郎兄さんに、だめだと言われました。あっしもだめだと思いました」

　狸八は金魚の方へ顔を傾ける。

「うまく、書けなかったのか」

「わかりません」

「わからない？」

「これじゃだめなことはわかるのに、どこがどうしてだめなのか、わからないんです。どうしたらこれがよくなるのかも、わからないんですよ。先生の書いた壇ノ浦の本もありますから、もちろん見比べました」

「どうだった」

「まったく違いました。わかるのはそれだけでした。まったく違うのはわかるのに、どうしたら先生のように書けるのか、先生に近付けるのか、わからないんです」

弱気な声で綴る悩みに、狸八は答えてやれなかった。金魚とて、狸八が答えを持ち合わせていないことはわかっているだろう。それでも吐き出したかったのだ。それは単に聞いてほしかっただけか、それとも、わずかでも糸口を探そうとしたのか。金魚ならば後者だろうと思えた。

どうにか金魚の手助けができないかと、狸八は腕組みをして唸る。だが、所詮は一番の下っ端だ。一度も正本を書いたことのない身には、金魚の悩みは難しすぎた。

「先生の書いた壇ノ浦は、本物なんです」

　どういうことかと、狸八は金魚を見る。

「義経は本当に舟と舟との間を飛ぶし、海には白波が立っているし、矢が、どちらの舟にも降り注ぐんです。本当の戦になる。でも、あっしの書いた壇ノ浦には、紙の人形しかいないんですよ。本物の人間がいないんです」

「それは金魚が本物の」

　戦を見たことがないからだ、と言おうとして、狸八は口を噤む。

「先生だって、本物の戦は知りませんよ」

　その通りだ。睨むような目つきに、狸八は肩をすぼめる。

「知らないのに、どうして本物が書けるんでしょう、先生は」

　金魚は床にごろりと寝転がった。苛立たしげに、手足を広げて大の字になり、ぐっと伸ばす。

「すみません。狸八さんに当たったって仕方ないのに」

　ふてくされた顔は、やはり子供だ。

「なに、俺はかまわねぇさ。けど、悪いな、何も答えてやれなくて」

「答えられたら困ります」

金魚の物言いに、狸八は苦笑いを浮かべる。落ち込んでいようとふてくされていようと、言葉の切れ味は変わらない。

金魚は口を結んだきり、じっと天井を見ていた。作者部屋は静まり返ってい
て、時折そちらへも目をやっていた。

狸八は、己にできることはないかと頭を巡らせる。金魚を落ち込ませてしまっ
たのは、自分のような気がしたのだ。ふと、思いついて口にする。

「金魚、勝負をしないか」

「勝負？」

金魚が首をぐるりと巡らせて、こちらを見上げた。

「どっちが先に、先生たちと一緒に正本を書けるようになるか」

「三枚目になれるかってことですか？」

「そう、それだ。三枚目」

金魚は眉を寄せ、訝(いぶか)しげなまなざしを向ける。

「どうして、負けるとわかっている勝負を持ちかけるんです？」

「おい」

「だってそうでしょう。あっしはまだ子供ですけど、さすがに年季が違いますよ？　たかだか半年前に入ってきた人に、負けるわけがないじゃないですか」

「言ったな」

にやりと、狸八は口元に笑みを浮かべる。

「おめぇは今足止め食らってるわけだからな。もし金魚がこの先もずっと同じところでうんうん悩んで、そのうち俺が追いついて、俺も同じ壁にぶつかったとしても、だ。俺のが先に壁をぶち破れば、俺の勝ちだぞ」

「そんなわけないじゃないですか」

金魚は起き上がると、呆れてため息をついた。

「さすがにそれまでずっと、同じことで悩んじゃいませんよ」

「だったら、いつかはなくなる悩みじゃねぇか」

深く刻（きざ）まれていた金魚の眉間のしわが、すっと解けた。

「俺が追いつくより先に、金魚はもっと先へ進む。俺より先に、先生たちと正本を書けるようになる。それがわかってるのに、そんなに思い詰めることもねぇだろう」

ぽかんとしていた金魚は、やがて、ふっと笑った。久しぶりに笑った。

「本当ですね」

「だろ？」

「この勝負、受けて立ちましょう」

「勝つとわかってる勝負を？」

「ええ。でもあっしだって、狸八さんより早ければいいと言ったって、何年もかかってたんじゃあしょうがないんです。いい勝負をしてほしいですよ。その方が、張りが出ますから」

そう言った金魚の黒い目には、いつもの賢そうな輝きが戻っていた。やはり金魚はこうでなくては。

「手強いな。なんたって、金魚は鶴の子だからな」

「鶴の子？」

金魚が目を瞬いた。

「そうさ。朱雀さんや梅之助さんが三羽烏の子なら、金魚は松鶴先生が育てた鶴の子だよ」

「なんですか、それ」

口では呆れつつ、金魚はうれしそうに笑っていた。皆が若い役者たちを見ては鳴神座が安泰だと言うように、金魚がいれば、作者部屋だって安泰だ。まっすぐに松鶴の背を追う金魚を見ていると、そう思える。今は躓いていても、いつかは乗り越える。それだけの力を、金魚はこの場所で蓄えている。

「お、ここにいたか。何してんだ、こんなとこで」

暖簾をくぐり、囃子町に顔を見せたのは銀之丞だった。日暮れの早くなった時分、夕飯を食いに行こうと誘いに来たのだ。狸八の持っていた古い正本を手に取り、薄闇に目を凝らす。

「銀はどんな芝居が好きなんだ」

そう尋ねると、顎に手を当てて考え始めた。

「そうだなぁ、『多良屋娘初恋』に『勧進帳』だろ、『怪談常盤烏』、もちろん『与一千金扇的』も好きだし、『雨夜曾我盃』に『吉原宵闇螢』に」

知っているものも知らないものもあるが、銀之丞は時代物も世話物も怪談も、みな好むようだ。

「多いな」

「それ、みんな銀之丞さんの台詞があった芝居ですよね」

金魚が冷ややかに言った。

「へへ、ばれたか」

「ばれますよそりゃ」

「俺は役者だからな。自分の出た芝居が好きに決まってんだろ」

狸八と金魚は顔を見合わせ、やれやれと笑った。正本を書く者の苦悩など、案外、役者はわかっていないのかもしれない。そして、それはきっとお互い様なのだ。銀之丞の役者としての苦悩は、狸八にも金魚にも、きっとわからない。

「行くか、若狭屋」と狸八が言うと、いいやと銀之丞が手を振った。

「今日はもうそっちはいっぱいだ」

そういえば、戯場の方が妙に静かだ。仕事を終えた大工連中が、先に陣取ってしまったらしい。若狭屋の料理のうまさは、よそから来た大工にも評判だ。

「たまにはなんかほかのもん食いに行こうぜ」

「何にする」

「屋台はどうです？」と金魚が言う。

「お、いいな。鮨(すし)でも食うか」

「あっしは天ぷらがいいです」

金魚はすっかり元気になったようで、狸八は安堵する。

「じゃあ俺は、そのあとに蕎麦もつけて」

「いつもと変わんねぇじゃねぇか」

そう言って銀之丞が笑う。

「たまには屋台の味もいいだろう」

「浮気はお多喜ちゃんときりちゃんが厳しいぜ。ばれねぇようにしねぇとな」

銀之丞は正本を置くついでに、床の正本を集めて重ねた。

「とりあえず、湯屋ぁ先に行くか。大工連中が入ったあとじゃぬるくてな。連中が飯食ってる間に行こうぜ」

「そうしましょう」

金魚にならって立ち上がり、二人のあとをついて囃子町を出る。金魚は夏の間に、背が少し伸びたようだった。

せりの普請は順調に進んでおり、十月の末頃には出来上がるのだという。顔見世興行は十一月の半ばからだ。それまでの稽古は二階の稽古場を使うとしても、大道具の方は果たして間に合うのだろうか。楽屋口へ向かう途中、作者部屋からは低い声がぼそぼそと聞こえてきた。

「それじゃおめぇ、ここは任せるぞ」

「はい」

行灯(あんどん)のゆらゆらとした光に照らされて、丸い頭の影が障子に揺れていた。

四、奈落の底の男

正本は、十月初めに仕上がった。古い正本をもとに新たに書き上げられた演目の名は、『月夜之萩』という。頭の怪談が取れたのは、話の筋を変えたところ、はっきりとした怪談ではなくなったからだという。

配役を皆に伝える前に、十郎と喜代蔵には先に演目が知らされる。あと半刻もすれば二人が来る、というときに、狸八は先に正本を読ませてもらえることになった。金魚の方は少し前から、正本から役者ごとの台詞を書き抜く手伝いをしていたので、狸八よりも先に筋を知っていたが、そこは口の堅さも義理堅さもあり、教えてはくれなかった。

元は、とある旗本が色恋沙汰から女中を手にかけ、その幽霊に憑り殺されるという話だったが、書き直されたもので殺されたのは、男だった。

土岐源九郎と諏訪新右衛門は、ともに武家の子息で幼馴染みだ。酒の席での些細な口論があとを引き、帰り道、月明かりの下で源九郎は新右衛門を斬り殺してしまう。誰にも見られることなくその場を逃げ去り、その一件は辻斬りの仕業では、との噂が立つのだが、その後、源九郎は新右衛門の霊に取り憑かれることになる。だが、現われるのはそれだけではなかった。

源九郎は、新右衛門を斬った際、背後にあった萩の枝まで斬っていた。赤紫色の花をつけた萩の枝は、ともに斬られた新右衛門が自分を庇ってくれたのだと勘違いし、美しい女の姿となって新右衛門の霊に付きまとう。

「なんでこうなっちまったのか、俺にもよくわからねぇんだな、これが」

広い額に灰色の眉を寄せ、松鶴はそうぼやく。やはり、当初思い描いていたものからはだいぶかけ離れてしまったらしい。

「そういうこともあります」

「おもしろいんだからいいじゃありませんか」

福郎と左馬之助が、そう口々になだめていた。

そうだ、おもしろい。なにせ、源九郎を憑り殺そうとする新右衛門の霊に困り果てた源九郎の妻が、萩の精と手を組むのだ。

萩の精は何分、人の心情に疎い。源九郎の妻、桂は、そんな萩の精に人の心を説く。やがて萩の精は新右衛門を説き伏せることに成功し、二人は手を取り合って姿を消す。源九郎は己の罪を悔い、二人の幸せを願って終幕となる。

たしかにこれは怪談ではない。狸八は読み終え、余韻に浸ったのち顔を上げる。

「どうだった」と、左馬之助が問う。作者部屋の面々の目が、狸八に集まった。

「おもしろかったです」

ぴんと張り詰めた中でそう言うと、皆一様に息を吐いた。見習いの言葉一つに安堵するほど、不安なところがあったのだろうか。

「そうだろう、いい話だよな」

左馬之助が狸八の肩を叩く。

「ええ。ただ」

「ただ？」

左馬之助の大きな目がぐっと見開かれる。

「主役は、源九郎、ですよね」

「そりゃそうさ」

狸八は黙り込む。

正本には、台詞やト書きが、役名ではなく役者の名で書かれている。

源九郎に鳴神十郎、新右衛門に十郎の甥の鳴神岩四郎（がんしろう）、萩の精に紅谷孔雀と、源九郎の妻の桂に白河梅之助。この辺りが出番の多い役者となり、あとは源九郎の友人らに鳴神佐吉と紅谷八郎、新右衛門を殺した下手人（げしゅにん）を探す同心（どうしん）と岡っ引（おかっぴ）きに、白河右近と橘新五郎（たちばなしんごろう）が当てられている。

主役というのは、ひいては立役のことだ。立役とは大人の男の役のことで、主に善人だ。根っからの悪人や、老人、滑稽な役は立役とは呼ばない。

源九郎は友を殺しているとはいえ、根っからの悪人ではないとわかるのだが、狸八は腑（ふ）に落ちなかった。

「なんだ、小難しい顔して。言いたいことがあるなら言ってみろ」

松鶴に促され、狸八はおずおずと口を開く。

「これを読んだだけですと、その、新右衛門と萩の精が主役のように思えるのですが」

悪霊は主役にはならない。そんなことはわかっている。だからひどく叱られると思ったのだが、正本を書いた三人は、揃ってうなだれた。金魚までもが口を真一文字に結んだまま、両の眉を下げている。

「おめぇでもそう思うか」

ぼそりと、松鶴が言った。

「その、聡明な桂が萩の精をうまくそそのかして、源九郎を助けたようにも読めるのですが」

狸八は正本をめくりながら言う。

「ただ、最後の幕の、萩の精が新右衛門を説き伏せる場面が、素晴らしくて」

それに応える新右衛門の姿もまた胸を打ち、すべてをかっさらっていってしまうのだ。源九郎や桂が小さく見えてしまう。

大詰の六幕を書いたのは、松鶴自身だ。

「仕方ねぇ、書き直すか。十郎と喜代蔵さんには待ってもらおう」

松鶴の呟きに、福郎と左馬之助が慌てふためいて言った。

「先生、それはいけません！」

「そうですとも！　こんなにいい台詞、書き直すなんてとんでもないですよ！」

狸八と金魚も賛同した。この話の要は、大詰の六幕、源九郎の屋敷の場だ。変えてはいけない。それだけは、見習いの狸八にもわかる。

「そうは言ったってなぁ。新右衛門は怨霊(おんりょう)だ。敵役だぞ。岩四郎の顔だって真っ白に恐ろしく塗る」

「ですが先生」と、福郎が熱を込めて言う。

「源九郎は十郎さん、桂は梅之助さんですよ」

あの二人の、役者としての技量と器とに任せてはどうかというのだ。芝居は、演じる者で変わる。

「せめて本読みをしてからでも、書き直すのは遅くないんじゃないでしょうか」

剃り上げた頭に手をやって、松鶴はしきりに擦る。

「十郎の読み方次第、よろしく次第か……」

正本には、「よろしく」とだけ記された箇所がいくつもあった。松鶴は腕を組み、しばらく天井を見上げていたが、やがて狸八の手元から正本を奪うと、机に広げて読み始めた。

「役者のよろしく任せじゃ、狂言作者の名が廃る」

福郎と左馬之助が互いに顔を見やり、役者たちのためにつくった書抜を、そっと背中に隠した。松鶴がやはり書き直すと言い出し、台詞を墨で塗り潰されてはたまらないのだ。

松鶴は正本を前に、しかめっ面でうんうんと唸り続けていたが、筆を執りはしなかった。誰も、咳の一つもできないまま重苦しさに堪えていたため、十郎と喜代蔵が現われると、弟子たちはほっとして顔を見合わせたほどだった。

松鶴と弟子たちの様子に気付いていたのかいないのか、正本を読み終えた十郎は、まずこう言った。

「岩四郎ですかい」

話の筋よりも、配役の方が気になったのだろうか。

「不満か」と、松鶴が尋ねる。

「いえ、不満はありませんがね。ただめずらしいと思いましてね。俺と岩四郎の組み合わせは、今までなかったでしょう」

十郎が立役を演じるとき、敵役は右近のことが多く、次に多いのは八郎や喜代蔵だ。岩四郎では若すぎるのだろうか。年齢のことではなく、役者としての器や貫禄のことだ。松鶴は頭を掻きながら、息を吐いて笑う。

「なに、たいしたことじゃねぇさ。できたばかりのせりに、もしも何かあって、右近が落っこちでもしたら困るからな」

なるほど。幽霊など人でないものは、せりから登場するのが決まりだ。まだ使い勝手のわからぬものに、敵役の看板役者を乗せるのは躊躇われたのだ。

十郎は筆で描いたような立派な眉を寄せ、納得して笑った。

「岩四郎は頑丈ですからね」

「たしかになぁ。あいつなら、奈落に落ちても自力で這い上がれる」と、喜代蔵も孫をそう評した。

鳴神岩四郎は齢二十五、身の丈は六尺近く、喧嘩好きなこともあり腕っぷしの強い男だ。十郎の姉の子で、面差しはどことなく十郎にも似ている。

「しかし岩四郎が幽霊とは」

十郎は苦笑いを浮かべる。

「岩四郎なら、わざわざ手間をかけて憑り殺さなくても、俺なんざ簡単に殺せそうだ。あの太い腕で首でも絞められたらあっという間ですよ」

「そこは岩四郎にも言っておくが、塩梅を見てよろしくやってくれ。ついでに、お前の方がより立役らしくな」

松鶴はさらりとそう付け加えたが、実のところはそこが本題なのだと、弟子たちは知っていた。息を呑んで十郎の顔を見る。

「なるほど、承知」

十郎は一言そう答えただけだったが、その声はおおらかで、自信に溢れていた。喜代蔵も十郎と目配(めくば)せし、頷くと、稽古の日取りを決めて作者部屋を出ていった。

それから数日の間、松鶴は正本を前にまだ唸っていたが、話の筋を大きく変えることはしなかった。十郎と喜代蔵の顔を見て、考えが変わったらしい。

そして舞台のいまだ仕上がらぬ十月の十五日、二階の稽古場に役者と裏方とが集められた。

この寄り初(ぞ)めには狸八も同席を許されたのだが、それは囲炉裏の火の番をするためだった。朝晩は冷え込むようになってきた。稽古場は真ん中の舞台を模した板張りの床を挟み、座敷の上座と下座とに分かれる。座元や頭取、作者部屋、頭取座の者は上座で、役者や裏方たちは下座に陣取っている。囲炉裏があるのは上座の端だ。

天井から垂れる鎖の、自在鉤(かぎ)の先には鉄鍋が吊るしてあり、そこには湯が沸(わ)いている。いつでも茶を淹(い)れられるように支度をしておくのだ。

やがてしんと静まり返った中、松鶴が口火を切る。

「顔見世興行は『月夜之萩』をやる」

下座からわずかにざわめきが起こる。古い演目とはいえ、知っている者もいるようだ。

「月夜之萩は、昔、二、三度やったな。懐かしく思う者もいるだろうが、怪談としてやった月夜之萩とは、少し違うことになっちまった。おかしなことと言ってもいいが……今度は幽霊も男だ」

やや決まりの悪そうな松鶴の口から、話の筋が大まかに語られ、続けて配役が伝えられる。

「二階の役者の出番は三幕目からだ。土岐源九郎、鳴神十郎」

松鶴の隣に座る十郎が、軽く頭を下げる。

「諏訪新右衛門、鳴神岩四郎」

「おおっ」

下座の一番前の列にいた岩四郎が、驚いたように声を上げ、すぐに拳を握った。目がぎらりと光っている。だが、十郎の顔がそちらへ向いたかと思うと、すぐに拳を収めて取り繕うような苦笑を浮かべた。睨まれたのだろう。

「萩の精、紅谷孔雀」

面長ですっきりとした顔立ちの朱雀の兄が、目を閉じて頭を下げる。総髪に結った長い髪が、肩の横からさらりと流れた。

「源九郎の妻、桂、白河梅之助」

こちらはさも当然と言ったように、表情もほとんど変えず、頷いただけだった。

源九郎と新右衛門の友、月岡四郎に鳴神佐吉、貴船忠三郎に紅谷八郎。

新右衛門殺しの下手人を追う同心、中川義兵衛に白河右近と、岡っ引きの政吉に橘新五郎。

鳴神喜代蔵と雲居竜昇は、新右衛門殺しをたまたま見ていた通行人という、出番は短いが重要な役どころだ。

ここまでが主な登場人物だ。あとは雲居長三郎が源九郎の屋敷の庭師に、紅谷朱雀が霞という役どころに当てられた。これは人間ではなく、萩の精の周囲で舞うことにより、その美しさや妖しさを示すための存在で、文字通りの霞なのだという。精ですらない、魂を持たぬ役柄だ。また同時に、朱雀は萩の精の後見も務めることとなった。

銀之丞はといえば、源九郎の屋敷の女中役だった。台詞があったかどうか、定かではない。下座の座敷の後ろの方にいた銀之丞に目を凝らすと、どことなく不満そうな顔をしていた。

一幕目と二幕目は、同じ役を稲荷町の役者が演じる。源九郎役は市之助だ。市之助は八月の脇狂言で源義経を演じており、妥当な配役だった。

「諏訪新右衛門は、日高虎丸」

煮立つ鍋に水を足しながら、狸八は思わず顔を上げる。虎丸の背格好は岩四郎に近い。そのために選ばれたのか、それとも芝居の腕が認められたのか。どちらかわからないものの、狸八はうれしかった。座っていても頭一つ飛び出している虎丸の、口元がにっと笑った気がした。

すごい。狸八まで心が弾(はず)むようだ。虎丸は、着実に歩みを進めている。銀之丞はさぞ悔しがるだろう。

稲荷町の配役もそろそろ終わりに差し掛かっている。頃合いだろう。狸八は茶の葉をひと摑み、鍋に放り込んだ。三番叟(さんばそう)の配役まで伝えた松鶴が、えへんと咳払いをした。

「狸八、茶」

「はい」

熱い茶を柄杓(ひしゃく)で湯呑に注ぎ、松鶴のもとへ持っていく。湯呑を渡してそそくさと持ち場へ戻ろうとした背中に、松鶴の呆れた声が聞こえた。

「おい狸八、何だこりゃ」

「えっ」

思わず振り返る。

「熱いわ渋いわで飲めたもんじゃねぇ。ぐらぐら沸かしやがったな。色は茶色いし、おめぇ、鍋に直（じか）に茶っ葉入れて煮たろう」

「あっはい」

「麦湯じゃねぇんだ。茶は急須（きゅうす）で淹れるんだよ」

松鶴の周囲からさざ波のように広がった笑い声が、板張りの床を挟んだ下座の座敷まで届く。一人だけ立っているものだから、皆の顔がよく見えた。正面から狸八を見て笑う者もいれば、目を逸らして肩を震わす者もいて、狸八は顔がかっと熱くなった。

「すいません！」

「茶の淹れ方は教えてなかったか」

もちろん知ってはいるのだが、大人数なものだから、鍋で淹れた方が早いかと思ったのだ。さすがにそれは口にできなかった。言えば恥の上塗りだ。

松鶴の背後から、金魚が何事か言っている。おそらく、また庇ってくれているに違いない。

「そんなに渋いですか」と、十郎が松鶴の湯呑を覗き込んだ。

「ああ、目が覚めらぁ」

「そうですか。じゃあ、俺も一杯もらおうか。狸八、頼む」

「え、は、はい」

狸八は慌てて囲炉裏端へと戻ると、先ほどよりさらに濃く出た茶を湯呑に注いだ。

「狸八、儂にもくれ」

そう言ったのは喜代蔵だ。

「酔狂な」と、右近が言う。

「年寄りはちょっとぐれぇ渋い方がいいのよ」

湯呑を盆に載せて十郎と喜代蔵の元へと運ぶと、二人はろくに冷ましもしないまま、一気に茶を呷った。驚いて、狸八は手を止めて思わず見入る。他の者もそうだった。

飲み干した十郎が、くう、と長い息を吐き、目を大きく瞬いた。

「効くなあ」

一方、喜代蔵は顔色一つ変えなかった。ただ少し、含むように笑っていた。

十郎は音高く手を打つ。乾いた音が、稽古場に響き渡る。

「さあ皆の衆！　この顔ぶれで挑むは江戸三座だ。追いつけ追い越せ、先生もいつもおっしゃることだが、俺とて、それができぬとは思っておらん。じきにせりも出来上がる。鳴神座は、また一段高みへと上る。一年の始まりだ。大事なときだ。よろしく頼むぞ！」

おお、という太い声が、十郎に応えて稽古場を埋め尽くした。狸八もまたその中の一人だった。

始まる。鳴神座の一年が、始まるのだ。

稽古は、役者たちが座ったまま各々（おのおの）の台詞を読み上げていく本読みからだ。稽古にも立ち会うことを許されて上機嫌な狸八は、その前に、金魚から茶の淹れ方をあらためて教わった。茶の淹れ方くらいわかっていると言ったのだが、二度も同じことをやらかしてはこちらがたまらないからと、金魚は譲らなかった。

稽古場には薬缶のように大きな急須があって、茶と言われたら、急須に茶葉を入れ、柄杓で鍋から湯を注ぐ。茶葉の量まで丁寧に教えてくれた金魚もまた、松鶴や福郎、左馬之助の後方で、役者や松鶴の動きに忙しく目を走らせている。

金魚もこれといった何かをしているわけではないので、金魚が囲炉裏の番をしてもいいのではないかと思ったのだが、そんなことを口に出して、稽古場を追い出されては困るので、狸八はおとなしく、朝から晩まで茶を淹れていた。

やがて立ち稽古が始まると、十郎の芝居は圧巻だった。あのとき福郎が、源九郎は十郎さんですよ、と言って松鶴を止めた理由がよくわかる。座元でありながら、役者の頭である座頭まで務める十郎は、やはり只者ではなかった。

一幕目と二幕目とで語られる源九郎と新右衛門の因縁は、子供の頃の出来事だ。剣術の稽古の最中、師が席を外した際に、二人はふざけ始め、源九郎が誤って床の間の壺を割ってしまう。だが戻ってきた師に、源九郎は、壺を割ったのは新右衛門だと嘘をつくのだ。要領の悪い新右衛門は、割ったのは自分でないと証し立てできず、師からひどく叱られてしまう。

源九郎と月岡四郎、貴船忠三郎とを交えた酒の席で、酔った新右衛門はそのことで源九郎に絡む。ここでの新右衛門を演じているのは、稲荷町の虎丸だ。

「お主はいつでもそうだ。賢い。だが、それゆえに狡い」

「狡いとは、聞き捨てならぬ」

そう応える源九郎を演じているのは市之助だ。十郎より体格は見劣りするが、体の使い方や表情は、やはり稲荷町では一番だ。

「拙者、そのような卑怯な真似をしたことなどない。お主の思い違いであろう」

言い合いはやがて取っ組み合いになり、四郎と忠三郎が止めに入り、その場は一旦収まるものの、次の幕が開くと、月の輝く夜道、赤紫色の花をつけた萩の木の前で、新右衛門は源九郎を待ち構えている。

今は何もない板張りの稽古場で、市之助と虎丸が対峙する。

新右衛門は酔いが醒めているのかいないのか、目は据わり、より激しく源九郎を問い詰め、詫びろと迫る。虎丸の芝居には気合いが入っている。だが源九郎は頑として頭を下げず、やがてどちらともなく刀を抜く。

大柄な新右衛門の方が有利かと思いきや、源九郎は鮮やかな刀捌きで一閃、新右衛門を、背後の萩の枝もろとも斬り捨てるのだ。

倒れる新右衛門を無言のままに見下ろしていた源九郎は、犬の吠える声に我に返ると、素早くその場をあとにする。

ここまでが二幕目だ。正直なところ、源九郎の印象は悪い。正本を読んだときからそうだった。新右衛門が子供の頃のことをいつまでも根に持っているのは武士としていただけないのだが、愚直さが垣間見える分、源九郎の方が性根に悪の影がちらつくのだ。二幕目までを見た客の中には、このあと源九郎が罰を受けることになるのでは、と思う者もいるかもしれない。

だが三幕目、十郎が登場すると、稽古場に吹く風は一変する。

このとき、舞台上には源九郎の屋敷と庭が造られることになっている。上手の庭があるはずの方角から息も荒く登場した源九郎は、着物を整え、屋敷の門をくぐる仕草をする。

「今、帰った。誰ぞか、おるか」

井戸の底の水のように、深く透き通る声だ。立ち振る舞いも堂々としている。ここだけ見れば、幼い頃の友を、酒の席の諍いが元で殺した男とは到底思えない。

妻の桂が、女中を伴って現れる。武家の内儀らしい、奥ゆかしい妻を演じる梅之助の後ろには、銀之丞が控えている。

「おかえりなさいまし」

梅之助の声は琴の音のように伸びやかだ。

「遅うございましたね」

「ああ、話が盛り上がってな」

「皆さま、お変わりはございませんでしたか」

「皆、達者にしていたよ」

「それはよろしゅうございました」

「ああ……」

何気ないやり取りだ。だが、十郎の口調には、台詞とはまるで反対の憂いがあった。新右衛門を斬ったこと、ひいては今夜の酒宴に顔を出したことへの後悔、罪を犯した者の怯（おび）え、そして妻に嘘をつくことへの後ろめたさ。短い台詞の中に、すべてが込められている。

大きな急須に茶っ葉を入れながら、狸八は感嘆（かんたん）のため息をついた。

正本を読んだとき、このやり取りから感じたのは、源九郎のふてぶてしさだった。幼馴染みを殺してきたというのに、何をのうのうと喋（しゃべ）っているのだ、と怒りすら湧いたのだ。本当にこれは同じ正本だろうかと、思わず囲炉裏を離れ、福郎の手元の本を覗いた。

松鶴は腕組みをしてじっと十郎と梅之助のやり取りを見つめていたが、その場の終わりに、一言、よし、と呟いた。

「福郎」

「はい」

「市之助に稽古をつけてやれ。あとが十郎じゃ気の毒なようだ」

稽古のあと、福郎にそう言いつけて、松鶴は先に下へと降りていった。狸八が左馬之助と金魚と三人で、顔を火照らせて十郎の話題に興じていると、松鶴に続いて帰るところの福郎が言った。

「な？　先生を止めたのは正しかっただろう？」と。

たしかに、あのとき正本を書き換えていたら、十郎のこの芝居は見られなかったかもしれないのだ。

正本の台詞だけを見れば、今だって、源九郎よりも新右衛門と萩の精の在り方の方が美しい。だが、源九郎はれっきとした立役だ。鳴神十郎という役者が、そうさせたのだ。客は源九郎の性根など疑う間もないだろう。きっと圧倒されたまま終わる。

「正本が、話の筋がすべてじゃないんですね」

狸八が言うと、福郎は力強く頷いた。

「先生は、誰が演じてもいい芝居になるような本を目指しておられる。だからこだわる。だが俺はな、そうとも限らねぇんじゃねぇかと思うよ」

「と言いますと」

「それが大勢で芝居をやる意味なんじゃねぇかな」

意味、意味か。狸八は福郎の言葉の意味を嚙みしめる。

演じる者によって芝居は変わる。だからこそ、その役者が演じる意味があるのだ。


「とどのつまり、それが役者の力量ってやつでさ」

温かいにしん蕎麦に息を吹きかけ、はふはふとすすって銀之丞は言った。若狭屋の一階は、今日も鳴神座の裏方や、稲荷町の役者たちでごった返している。近頃は北風が冷たくなり、日は短くなる一方で、軒先の提灯（ちょうちん）の赤さが夜により映えている。蕎麦も、温かいものが恋しい季節だ。銀之丞と金魚と三人、卓を囲んで湯気越しに言葉を交わす。

「岩四郎さんが役者として小さいとかじゃねぇんだよ」

「わかってるよ」

「十郎さんがでかすぎるんだ」

「さすがでしたね」と、金魚も言う。金魚はこのところ機嫌がいい。十郎の芝居を見たこともあるのだろうが、何より、十郎が松鶴の思いを汲んで、いい芝居にしようとしてくれていることがうれしいようだ。

「いい役者ってのは、芝居の色も自由自在に変えちまうんだよなぁ」

しみじみと、銀之丞は湯気が溶けるように消える宙を見上げる。

銀之丞演じる土岐家の女中も三幕目から登場するが、台詞は今のところ、五幕の一つだけだ。この幕では、源九郎が痩せ細っていくのを見かねた妻の桂が、夫に医者やお祓いを勧めるのだが、新右衛門を殺したことを隠している源九郎は、その申し出を断る。

その際の、「旦那様、奥方様は旦那様の身を案じて」という台詞、一つきりである。

「なんでかなぁ、夏芝居では、台詞三つに増えたのになぁ」

肘をついたまま、行儀悪く銀之丞は蕎麦をする。

「夏芝居は役者が少なかったですからね」

金魚がにしん蕎麦のどんぶりで手を温めながら、冷静に告げた。

「多くなっちゃあもらえないなら、役者は少ない方がいいなぁ」

「役者を減らすとして、銀之丞さんは自分が残れると思ってるわけですね」

「おお？　言うようになったな金魚」

「前からですよ」

「俺だって、いい役者だと思うんだけどなぁ」

金魚が思わずといった様子で、銀之丞の方を向いた。

「そう怖い顔するなって。自惚れてるわけじゃねぇさ。ただ俺だって、役者としていいとこはあるだろ？　ねぇと言われたら、舞台に立ててんのがおかしいじゃねぇか」

それはそうかと、金魚は口を結んで自分の丼に目を落とす。

「俺は、いい役者だと思うよ」と、狸八が言う。

「たしかに、夏の鶯はよかった」

「そうだろ？」

食いつくように身を乗り出してくる。

「今年の顔見世番付、少しは上がったんじゃねぇかと思うんだけどな」

「もうじき刷り上がるみたいだな」

藤吾から聞いたと、狸八は付け足す。

番付は芝居小屋ごとに刷り、顔見世興行を前に与力や町役や、茶屋を通して得意先へ配るほか、市中にも貼られることになる。一座の役者の名が書き連ねられ、人気の役者ほど名が大きく書かれるのは、相撲の番付と同じだ。

「もっとさ、でかい役をくれてもいいのにな」

「また稽古の中で、台詞をもらえるようになればいいじゃないか」

そう言うと、銀之丞はゆっくりと体を引きながら眉を下げた。

「福郎さんと先生は違うからなぁ」

「そうなのか」

「ああ。先生は一筋縄じゃいかねぇし」

でも、と、にっと笑って銀之丞は声を張る。

「ま、ここからだよな。俺の芝居を見て先生の気が変わることもあるかもしれねぇし」

「そりゃそうだ」

金魚が箸を止め、狸八と銀之丞の顔を交互に見る。

「なんだか、妙に仲良くなってませんか?」

「そうか?」と、二人で顔を見合わせる。

「気味が悪いですね」

「そんなこと言うなよ」

「言いますよ」

　風に入口の暖簾がばさばさと揺れて、駆けてきたきりが慌てて戸を閉めた。大道具方の源治郎の娘は、目のぱっちりとした器量よしで、若狭屋の看板娘の一人だ。風だけならばまだいいが、砂埃まで一緒に入ってきてしまう。

「もうだめだね。開けっ放しの時期は終わり」

「冷えますね」と、狸八が言うと、熱燗を勧められた。

「飲んでいく？」

「いや、明日も稽古がありますので」

「銀ちゃんも今日はやめとくの？」

「うん、今日はいいや」

　じゃあ、ときりは三人の丼を見回す。三人ともそろそろ食べ終わるところだ。

「ぜんざい、まだあるけど食べる？」

　しょっぱいもののあとの甘いものはまた格別だ。狸八は頷いた。

「いただきます」

「はいよ」と答えるきりの後ろから、多喜がひょいと顔を覗かせる。

「狸八さん、ぜんざいにお芋入れる？　蒸(ふ)かし芋入れるとおいしいよ。あっちで伊織さんたちも食べてるの」

首を伸ばして見ると、奥の卓では衣裳方と床山たちが、やはり飯のあとにぜんざいを食っていた。温かい小豆に淡い黄色の芋の色合いは、見ているだけでよだれが出る。

「ぜひ！」

「俺も！」

「あっしも」

「はい、毎度」

「きりちゃん、熱いお茶もね」

はいはいと返事をして、二人は厨(くりや)へと戻っていく。

「今日は腹いっぱいで眠れそうだ」と、銀之丞が呟いた。狸八もにしん蕎麦の出汁の効いたつゆを飲み干し、満足して息を吐く。ふと、銀之丞が思い出したように言う。

「そういや、ついにせりが出来たんだってな」

　晴れの日が続いたせいもあっただろう。せりは無事に仕上がり、大工連中は引き上げていった。つい昨日のことだ。

「ああ。明日は昼過ぎから動かしてみるそうだ」

「へえ！　狸八はそれ、見られるのか？」

「ああ」

　なぜか狸八と金魚も来るようにと言われている。金魚はともかく、見習いの狸八がせりの稽古を見てどうするのだろうか。

「いいなぁ。俺は見られないのかな」

「どうだろう」

「銀之丞さんは、亡霊と萩の精が出る場面には居合わせないですからね」

「そうなんだよな。総ざらいまでお預けかな」

　丼を横にどけ、銀之丞は卓の上の腕に顔をのせる。

「こっそり見に行くかな」

「役者なんだから堂々と見に行ったらいいと思いますけどね」

　金魚の言葉に、銀之丞は何か企むようにへへっと笑った。やがて、きりが三人分のぜんざいを運んできて、卓の上は甘い香りの湯気に包まれた。

翌日、午前の立ち稽古を終えて昼を挟み、本舞台へと集まったのは、作者部屋の五人と、十郎、喜代蔵、岩四郎の合わせて八人だった。紅谷孔雀は衣裳方との打ち合わせがあり、少し遅れてくるという。

「ありがてぇなぁ、先生。俺が、一座で一番にせりを使えるとはよお！」

上機嫌な岩四郎の声が戯場に響き、作者部屋の面々は思わずのけ反った。体の芯を震わす、大風のような声だ。

「岩四郎、声を落とせ」と、隣に立つ十郎が呆れて言う。

「ああ、悪かったよ。先生も申し訳ない」

「まったくだ。だがまあ、おめぇのいいところはそこだからな」

片耳に指を突っ込んで、松鶴もやれやれといった顔だ。

「だが、ここで一番にせりに乗ったのは亀吉だぞ」

「へ？」と、岩四郎は思わず間の抜けた声を出す。

「大道具方が先に動かした。当たりめぇだろ。しょっぱなに役者を乗せられるかい」

岩四郎はふてくされるように眉を寄せたが、すぐに、それもそうか、とあっけらかんとして言った。喜代蔵は腰の後ろに手を当て、呆れてため息をついている。

　せりは舞台中央の前方につくられていた。といっても、見た目に大きな変化はなく、よくよく見ると、板目とは違う切り込みの線があることに気付く程度だ。切り込みは一畳ほどの大きさに、舞台の一部を区切っている。

松鶴がその四角く区切られた床を拳で叩き、声をかける。

「おうい、下げてくれ」

　するとどうだろう。足元から微かな地鳴りのような音が聞こえ、四角くくりぬかれた床板が、ゆっくりと下がり始めた。切穴と呼ばれる穴の深くに下がっていくせりを、みなは覗き込む。

「深いですね」と、左馬之助が呟く。

「八尺あるそうだ」

「八尺！」

松鶴の言葉に、驚きの声が上がる。

「なるほど、たしかに奈落だ」

　岩四郎が穴に顔を近付けて言った。板が下がっていくにつれ、舞台上には土の匂いがし始めた。奈落の底の土の匂いだ。下にはいくつかの動く人影と、微かだが明かりが見える。蠟燭の小さな炎だ。

「これぐれぇ深く掘らねぇと、下の明かりが上まで漏れちまうのよ」と、松鶴が言った。十郎が舞台上手の袖を指す。

「あっちに下り口がある。行くぞ」

みなでぞろぞろとついて行った先には、舞台の下へと続く階段が造られていた。石を詰み、隙間を土で埋めた石段だ。それを下っていくと、土の匂いが濃くなった。壁と天井には板が張ってあるが、下は土が剝き出しで、役者が歩く道だけ筵が敷いてある。壁には蠟燭が点々と灯ってはいるものの、足元は暗い。

「こりゃあ、下りるだけでも一苦労だ」

壁に手をやって下りながら、岩四郎が言った。

「だからおめぇなんだよ」と松鶴が答えると、そこにいた誰もがたしかに頷いた。

「右近さんにはやらせられねぇ、か」と、岩四郎が呟く。

「もう歳だ。石段で転びでもしたら大ごとだからな」

「誰かが明かりを持って付いた方がいいですね」

金魚が言い、こちらをちらりと振り返った。狸八は頷く。おそらくその役目は、金魚や狸八が担うことになるだろう。喜代蔵を心配した金魚が手を貸そうとすると、喜代蔵はそれを断った。

「まだ躓くような歳じゃないわい」

さして怒った風でもなく、喜代蔵は苦笑いを浮かべていた。

舞台の下には、柱が狭い間隔で林のように立っていた。柱や壁につけられた明かりを辿るように目を凝らすと、舞台の反対側、下手の方にも石段があることがわかる。舞台の下はすべて空洞になっているようだ。その分、頑丈な造りになっている。よくもまあ、二月でここまで造れたものだ。

「下手の袖からも下りられるんですね」と、誰に言うともなく呟くと、応えたのは十郎だった。

「ああ。先生のお望みでな」

「左右どっちにも引っ込んだ役者が、ほんのちっとの間に真ん中のせりから上がってきたらどうだ。おもしれぇだろう？」

松鶴はいたずらを考える子供のように笑った。

「どのみち、回り舞台をつくるにも舞台の下は掘るからな。先に掘っときゃ、いざつくるってときに早ぇ（はえ）だろ」

それから、下手側の柱の向こうを指す。

「向こうにはすっぽんがある」

すっぽんとは、舞台近くの花道上につくられる小型のせりのことだ。大きさは半畳ほどで、名の由来は、役者が首から登場する様がすっぽんが甲羅から首を出す様に似ているからとも、せり上がった板が花道にはまる際、すっぽんと音がするから、とも言われている。せりやすっぽんから上がってくるのは、亡霊や物の怪、狐など、人間ではないものだというのが芝居の決まり事だ。

鳴神座では今までも、そうした人間ではないものが登場する話も演じていたが、それがわかりやすくなることで、より演じられる演目の幅が広がるのだ。

柱の林の中、一か所だけ明るい場所があった。先ほど、せりを下げた切穴から、戯場に差す日が注いでいる。奈落の底、腰の高さまで下ろしたせりの脇に、八人の男の姿があった。着物を片肌脱ぎ、頭にねじり鉢巻きを巻いた男たちは、芝居小屋の者というよりも、大工や駕籠かきのように屈強な体つきをしていた。その後ろには、四尺はあろうかという大きな歯車のような形のものが、天井から下げられているのが見える。

十郎たちの姿をみとめると、八人は頭を下げた。

「座元、頭取、先生、こんな穴蔵までよくぞいらっしゃいました」

一番に口を開いた男は、一行に向けてそう言った。男は武蔵（むさし）と名乗った。ほかの男たちが一歩下がっているところを見ると、ここを仕切っているのは武蔵のようだ。

「どうだ、使いこなせそうか」

十郎の問いに、武蔵は頷く。

「へえ。仕組みは単純なもんですから。ただ、なにぶん俺たちゃ芝居を知りません」

「それは稽古を積むしかないな」

へえ、と答え、武蔵は不安げに頭に手をやった。芝居を知らぬという男たちを、いったいどこから連れてきたのだろうか。

「こういうもんは慣れだ。慣れてくりゃあ、そのうち勘もはたらく」

そう言うと、松鶴は下がったままのせりを指した。

「岩四郎、乗ってみな」

「はい！」

目を輝かせ、岩四郎は台も使わずにせりに飛び乗る。

「こら、もっと静かに乗れ」

「壊すんじゃないぞ」

「まったく、おめぇは何をしても荒い」

「はい！」

松鶴と十郎、喜代蔵が口々に叱るが、岩四郎はそわそわと切穴の上を見上げ、返事ほどには聞いていなかった。

「先生、こっちが正面ですかい」

「逆だ。客に尻向けんな」

「いいか、岩四郎。よし、じゃあ上げてみてくれ」

十郎の声に、武蔵を含む四人の男たちが、せりの脇にある大きな歯車のようなものの傍へと立った。それは二枚の丸い板が組み合わされたもので、その間には太い綱の端が固定されていた。あの綱はどこへ繋がっているのだろう。板の側面には三本の長い木材が交差する形で取り付けられ、それが六つの持ち手になっている。

「行くぞ、せぇの！」

四人の男たちがそれぞれ別の持ち手に手をかけ、武蔵の声を合図に仕掛けを回す。すると、せりが少しずつ上がり始めた。

「おおっ」

岩四郎が歓喜の声を上げる。その下ではせりが上がっていくにつれ、仕組みが顕わになっていった。

仕掛けから伸びた綱は、せりの下を通って反対側の上へ、天井の滑車を通してまた下がり、地面へと固定されていた。仕掛けを回し、綱を巻き取ると、せりが上がる。仕掛けを反対に回せば、綱の弛むのに合わせてせりが下がってくるのだ。

きりきりと、綱と滑車、綱と仕掛けとが擦れる音がする。せりが上がりきり、舞台の切穴が塞がれると、辺りは真っ暗になった。蠟燭の明かりではとても足りない。舞台の上から、岩四郎のくぐもった声がする。

「おお、絶景かな、絶景かなぁ」

「あのばか。床の上で五右衛門やるやつがあるか」

顔が見えずとも、松鶴がつるりとした額に眉を寄せているのがわかった。噴き出す左馬之助と金魚につられ、狸八も笑う。

「床から下ろしましょうか」

「そうしてくれ、十郎」

十郎が合図をすると、男たちが仕掛けを逆向きに回し始めた。綱が緩み、舞台上の光を連れて、少しずつ岩四郎が下りてきた。後光が差しているかのようで、これもまたおもしろい。

「いやあ、いい気分だ」と、岩四郎は機嫌よく笑う。

「おめぇな、今度の役は亡霊だからな。にこにこ顔で出てくんじゃねぇぞ」

「わかってますよ先生」

本当にわかっているのかどうかわからない岩四郎を尻目に、十郎が男たちに尋ねる。

「岩四郎は重いか？」

「それほどじゃありませんよ」

「それはよかった。岩四郎が上がるなら、一座の誰でも上げられるな。一番目方があるのがこいつだ」

「そうでしたか」

「頼んだぞ、奈落番」

「へえ」

奈落番。鳴神座の新しい裏方の名前だ。こうして、一座は少しずつ大きくなっていくのだ。

何度かせりの上げ下ろしをした後、石段を上がって戯場へ戻ると、何やら話し声がした。見ると、見物席の平土間に、紅谷孔雀と雲居竜昇、そして銀之丞の姿があった。

「なんだ、お前たちまで」

十郎が声をかけると、銀之丞は愛想よく、竜昇はすました顔で、軽く頭を下げた。

「先生、次は俺の番でしょう」と、孔雀が立ち上がり、舞台に歩み寄る。長い髪を総髪に結って垂らした美丈夫で、朱雀とは実の兄弟ではないと聞いたあとでも、やはり二人はよく似ている。背は孔雀の方がいくらか高いようだ。

「岩四郎さんが下りていくところを見ましたよ。床に吸い込まれるようでおもしろかった」

「上がったとこは見てねぇだろう？　あれが醍醐味だってのに」

岩四郎の言葉に、孔雀は弓型の眉を歪めて笑う。

「上がるとこを見たら余計に笑いそうだよ」

たしかにな、と横で左馬之助がぼそりと言うので、狸八は噴き出しそうになるのを、尻をつねって堪えた。

「で？　先生、俺にもやらせてくれるから呼んだんでしょう？」

「ああ、おめぇはあっちさ」

松鶴は花道を指す。

「ああ、すっぽん、ね。なるほど」

「下り口は上手と下手の両方に」と言いかけて、松鶴は孔雀がじっと見ていることに気付く。急かすようなまなざしの強さに呆れ、一つため息をついて言った。

「左馬、金魚」

「はい」と、二人の返事が重なる。

「孔雀を下へ連れてって、すっぽんから上げてもらえ。奈落番がまだいるうちにな」

孔雀はにっこりと笑った。

「ありがとうございます、先生」

「どれ、俺も見てくるか」

左馬之助と金魚、孔雀に続き、十郎も下手の袖を下りていく。その後ろ姿を見送りながら、岩四郎が呟く。

「梅之助といい、孔（コウ）といい、女形連中はどうも気位が高くていけねぇ」

「美人ってのはそういうもんだ」と、松鶴が返す。

「ごねたら相手が折れるのを知っていやがる」

岩四郎は鼻をふんと鳴らした。しばらくすると、舞台にほど近い花道の一部が、きりきりと音を立てて下がり始めた。こちらは半畳ほどの大きさの真四角だ。音を聞くに、こちらも綱と滑車を使い、上下させているようだった。竜昇と銀之丞が、平土間の仕切りを跨（また）いで、舞台へと上がってくる。

「うわぁ、すげぇ！」

銀之丞が目をきらきらさせた。子供のようだ。松鶴が言う。

「せりもすっぽんも、使うときは幕間（まくあい）に下げておく。穴が空いたまんまになるから、おめぇら落ちんなよ」

「はい！」

下まですっぽんが下がりきり、しばし音が止んだかと思うと、せぇの、の掛け声とともに、またきりきりと軋（きし）むような音がし始めた。

「音はともかく、掛け声はやめさせねぇとな」と、松鶴が福郎に向かって言う。

「そうですね。近くの客には聞こえるかもしれません」

「下の明かりが漏れなくても、声が漏れちゃあな」

手のひらで顔を擦って松鶴は言う。戯場の中は薄暗い。日が短くなるこれからの時期は余計だ。蠟燭の明かりが見えないよう深く掘っても、声が下から響いては元も子もない。

やがて、片膝をついた格好の孔雀が切穴から上がってきた。遠くを見るように、目を上げている。浮かれることもなく、すでに芝居の最中の振る舞い方を考えているようだ。狸八の隣では、銀之丞が孔雀の仕草を真剣に見つめていた。

一方で、竜昇は腕を組み、口元に笑みを浮かべて眺めていた。竜昇は歳の頃二十二、三で、鳴神座に加わってからまだ数年だというが、毎度本狂言で台詞のある役を当てられている。ひょろりとしていて上背があり、鼻が高く顎の張った顔は、化粧映えすると春鳴が言っているのを聞いたことがある。

「おもしれぇな」と呟く声は味がある。雲雀（ひばり）の鳴き声のようだ。

「名前の通り、すっぽん、と微かな音がして、床板が切穴にぴたりとはまると、孔雀は立ち上がる。」

「なるほど、岩四郎さんがはしゃぐのもわかりますよ」

「だろ？」と、得意げに岩四郎が言うと、孔雀は頷いた。

「真っ暗闇からじりじりと上がってきて、急に前が開けたと思ったら、そこにお客の顔が並ぶわけでしょう。しかも皆一斉にこちらを見ている。ふふ、ぞくぞくしますね」

気分がよくなったのか、孔雀は目を細めた。

すっぽんも何度か上げ下ろしをして、その日の稽古はしまいになった。

翌日から毎日、稽古場での立ち稽古のあとに、舞台を使ったせり出しの稽古をすることが決まった。役者の稽古というよりは、奈落番の稽古のためだ。本番までに奈落番に稽古を積ませ、間合いを取れるようにならねばならない。

この稽古には作者部屋の全員が立ち会うこととなり、狸八は、自分が今まで立ち稽古を見ることを許されていた理由を知った。

せりを使うときは、幕間のうちにせりが下ろされる。下にいると、ぽっかりと空いた四角い穴から舞台の天井が見えるのだが、もちろん、台詞も聞こえてくる。それを聞き、せりを上げる間合いを計るのが、顔見世興行での狸八の役目だった。

せりが上がりきるまでには時がかかる。どの台詞が聞こえたら仕掛けを回す合図を出すのか。それには、正本をよく知る者が必要なのだ。

本舞台のせりには狸八が、花道のすっぽんには左馬之助が、それぞれつくことなった。孔雀の方が登場の間合いが難しい。二人は岩四郎と孔雀が舞台袖の石段を下りてくるところから、明かりを持って付き添うことになっている。ほとんど付き人だ。

二幕目が終わる頃、狸八は岩四郎の足元を照らしながら、上手袖の石段を下りていく。三幕目が始まり、屋敷へと帰った源九郎が寝所で一人になったところで、頃合いを見計らい、庭に新右衛門の幽霊が現われる。初めて幽霊が登場する重要な場面だ。しかし、この場面では源九郎に台詞がない。何を合図にしたらいいかと思っていると、天井の穴から松鶴が顔を覗かせた。

「おい、狸八」

「はい！」

穴蔵に声が響く。

「ここはドロドロをやる。いいか、二回波があって、三回目の波で音がでかくなるから、ためしにそこで出るようにしてみろ」

「はい！」

どうやら囃子方を呼んできたらしい。ドロドロ、とは囃子のことだ。太鼓を細かく叩きながら音に強弱をつけ、妖しさを表わすものだ。初めは小さく、だんだんと大きくしていく。これが一つの波で、音はまた小さくなり、また徐々に大きくなっていく。幽霊や妖怪、神々が登場する場面で鳴らされ、特に大きな音で叩かれるときには、神の怒りを表わすこともある。

「なんだ、ドロドロってのは」と、武蔵が言った。八人いる奈落番は、こちらのせりに五人、すっぽんに三人と、二手に分かれている。こちらの仕掛けを回すのは四人で、あとの一人は持ち手の長い板の先に蠟燭をつけ、仕掛けや役者を照らす役回りだ。

「囃子です。太鼓の音がなりますから、それを合図に上げましょう」

「太鼓？　太鼓、ね」

武蔵は口をぐっとへの字に曲げた。せりの上で片膝をついた格好の岩四郎が、訝しむように見下ろしている。やがて、太鼓の音が微かに聞こえてきた。狸八は耳をそばだてる。徐々に大きくなっていく。一つの波が長いようだ。一旦大きくなった音が急に小さくなり、二つ目の波が始まる。

「はいっ」と狸八は合図を送る。

声は出さないようにと言われていたはずだが、それは難しいのだろうか。昨日と変わらず声を上げ、武蔵たちは仕掛けを回し始めた。綱と仕掛けのきりきりと軋む音に、男たちが土に足を踏ん張る音、息遣い。舞台の上のドロドロが聞こえなくなり、狸八は耳に手をやって必死に太鼓の音を探す。

今、ドロドロの波はどうなっている。

だんだんと音が聞こえてきた。かなり大きい。あれ、と狸八は見上げる。岩四郎はまだ、頭も舞台に出ていない。太鼓が強く叩かれている。これは三つ目の波だ。

せりが上がりきり、奈落の暗さが増したと思ったら、すぐに天井がこんこんと叩かれた。武蔵たちが仕掛けを逆に回し、せりを下ろす。岩四郎の背の丈がすっぽりと舞台の下に隠れたところで、松鶴がまた顔を覗かせた。

「遅(おせ)ぇな」

「すみません」

やはりか、と狸八は思う。思っていたよりも、せりが上がりきるのに時がかかる。

「せぇのぉ！」

「もういっぺんやるぞ」

「先生」

「なんだ」

「ドロドロの、一つの波の長さは今と同じですか」

「ああ」

一つ目の波が始まったら、すぐに上げ始めてもいいかもしれない。だが困ったことに、初めのうちは音が小さくて下まで聞こえてこないのだ。

「いいか？　やるぞ」

「はい」

松鶴が顔を引っ込めると、狸八は岩四郎に尋ねた。

「上がりきったときは、ドロドロはどうでしたか」

「だいぶ長く叩いてたな。叔父貴が待ちくたびれた顔をしてたぜ」

狸八は、ううんと唸ると、武蔵たちを見回した。

「合図をもっと早く出しますので、その、なるべく音を立てないでください。叩き始めの音を聞かないといけないんです」

蠟燭の明かりに照らされて、男たちが不満げに眉を寄せるのが見えた。顔を見合わせ、首をひねったり、なにかぼそぼそと言い合ったりしている。

「ああ、わかったよ」

そう答える口調にも、腑に落ちない様子が見てとれた。

「頼むぞ。この芝居は俺と孔雀にかかってるんでな」と岩四郎も言うが、男たちの返事は暖簾のように手応えがなかった。

二回目のせり出しもやはり遅かった。それを踏まえ、三回目はドロドロの鳴る前、源九郎が寝所へ向かう前の最後の台詞が聞こえたあと、三つ数えてから上げ始めたが、今度は早過ぎた。四回、五回と数を重ねても、間合いはずれるばかりだ。

合図を出す狸八のせいだけではない。男たちが仕掛けを回す速さが、毎回違うのだ。それはせりに乗っている岩四郎もまた感じていた。

「もっと同じように回せねぇもんか」

岩四郎がそう言うと、武蔵は不機嫌さを顕わにした。

「口を出さねぇでもらえますか」

「なんだと?」

「そこへ乗ってるだけのあんたには、わからねぇでしょうよ」

「そんななぁ当たりめぇだ。俺は役者だ。わかってねぇのはおめぇらの方だろう。何のためにそれを回すか。役者と芝居のためだろうよ」

「役者と芝居のため？」

　土の匂いの真っ暗な奈落に、火花が散ったかに見えた。

「俺たちゃ、好きで芝居小屋なんかに来たわけじゃ」

　まずい。芝居小屋なんかに、と言われては、岩四郎も黙っていない。狸八はとっさに間に入り、声を張り上げる。

「落ち着いてください！　岩四郎さんも武蔵さんも。今日はまだ初日じゃないですか。合わなくても仕方ないですよ！」

「狸八は黙ってな。おい、今おめぇなんて言った」

　怒気を含んだ声で言う岩四郎は、もはや狸八を見てはいなかった。

「岩四郎、狸八の言う通りだぞ」

　天井からの声に見上げると、顔を見せたのは十郎だった。狸八はほっとする。

「今日はここまでだ。飯でも食って皆落ち着け。また明日、稽古をすればいい。それだけのことだ」

　岩四郎はふんと鼻を鳴らすと、武蔵から目を逸らさぬまませりを下りた。

「狸八、火」

「はいっ」

明かりを持ち、岩四郎の足元を照らして石段を上がる。途中で振り向くと、暗がりの中で男たちは壁を叩いたり地べたへ寝転んだりしていたが、何人かはこちらを睨んでいた。武蔵が、ぺっと唾を吐いた。

作者部屋へ戻ると、左馬之助がぐったりと横になっていた。その傍らに、狸八は腰を下ろす。

「おお、狸八か」

「左馬さん、そっちはどうでした」

「どうもこうもないさ」

力のない呟きから、左馬之助の苦労が伝わってきた。孔雀が演じる萩の精の登場は、新右衛門とは少し違う。萩の精の美しさと妖しさとを表わすため、ドロドロはごく控えめに、代わりに朱雀の演じる霞が、羽衣のように透ける布を纏い、すっぽんの周りで舞うのだ。つまり、すっぽんの下までドロドロはほとんど聞こえない。

「台詞を聞いて間合いを計るのはいいさ。ただ、上げる速さが毎度違ってなぁ」

「左馬さんの方もですか」

「そっちもか。終いにゃ孔雀さんも怒り出しちまって」

「こっちもですよ。岩四郎さんが」

左馬之助は天井を見上げ、狸八はうなだれて、ともに深いため息をつく。明日の稽古を思うと気が重い。

「稽古を積めば、うまくいくようになるんでしょうか」

「さあな」

ぶっきらぼうに言う。

「どうも、あの連中は芝居が好きなわけじゃなさそうだ」

その言葉に思い出す。最後に武蔵の言った言葉を。

俺たちゃ、好きで芝居小屋なんかに来たわけじゃ。

あれは、どういうことだったのだろう。

「左馬さん、あの人たちは、どこから連れてきたんです？」

「さあ」

疲れ果てた様子で左馬之助は呟く。

「十郎さんが連れてきたって話だが、詳しくは知らねぇ」

「十郎さんが」

「先生じゃねぇんだぜ、めずらしく」

そう言って微かに笑うと、力尽きたかのように左馬之助は目を閉じた。

翌日の稽古も、前日の繰り返しだった。岩四郎と孔雀は十郎から叱られたらしく、今日はいくらか堪えていたが、それでも我慢には限界があった。岩四郎が声を荒らげる頃、花道の方からも声が聞こえた。

「いいかげんにしな！ 俺に怪我をさせる気かい！」

回数を重ね、上げ下ろしが雑になっているらしい。こちらも同じだ。特に下ろすとき、地面が近付いてくると気が緩むのか、一度に綱を弛ませるので、せりががくんと揺れて危ないのだ。

「これじゃ稽古になりゃしねぇ。狸八、明かり持ってきな」

今日は十郎の言葉を待たずして、舞台袖へと引き上げる。奈落番たちの舌打ちや悪態が、石のように後ろから飛んできた。石段を上がると、舞台の端で松鶴につらつらと文句を言う孔雀の姿があった。その後ろでは、左馬之助が背中を丸めてうなだれている。気の毒なほどだ。

もう十一月になるというのに、これでは稽古が進まない。見たところ、五幕で初めて新右衛門の幽霊を見るはずの梅之助など、先に帰ってしまったようだ。顔見世興行はどうなるのだろうか。

「参ったな」と、すぐ傍で声がしたので振り向くと、銀之丞がいた。

「銀、なんでいるんだ」

銀之丞は場違いなほど明るい笑顔を見せる。

「先生に台詞増やしてくれって言いに来たんだよ」

「言ったのか？　どうだった？」

銀之丞は首を横に振る。

「だめだって。おめぇは自分のことばっかりで芝居全体を見てねぇって、説教くらっちまった」

そう言いながら、顔には笑みが浮かんだままだ。まだ諦めてはいないのだろう。

「だが、それどころじゃねぇみてぇだな」

「ああ」と、狸八は頷くと、銀之丞に背を向けた。

「少し、武蔵さんと話してみる」

「何をだ？」

「少しばかり、気になることがあってな」

明かりを持ち石段を下りていくと、銀之丞もついてきた。初めて見る奈落の底に、辺りを見回しては興味深そうに、へぇと呟く。

その奈落の番人たちは、柱や壁を背に、あちこちに座り込んでいた。煙草を喫んでいる者もいる。風が通らないため、むわっとした熱気と煙草の煙と匂いとで、息が詰まりそうだった。

狸八に気付いた武蔵が、煙管を口から離し、こちらへ向かってふうと煙を吐く。

「今度はそいつか」

銀之丞を指して言う。

「あの図体のでけぇのは音を上げたか。たった二日だ。見かけほど根性はねぇようだな。はは、そいつは軽そうだ」

武蔵が再び煙管をくわえ、ぷっと吹くと、種火が飛んだ。地面に落ちた種火を、あろうことか裸足のままぐりぐりと踏む。狸八は慌てて武蔵の足をどけると、自分の草履で踏み消した。それでも熱い。

「岩四郎さんなら、先生と話してますよ。どうしたら、この芝居がもっとよくなるか」

「へぇ」

「あいつも役者ですけど」と、狸八は背後の銀之丞を顎で指す。

「俺と武蔵さんたちが話すのを、聞きに来ただけです」

「話す？」

武蔵の眉がぴくりと動いた。

「何を話すんだ。おめぇは下っ端だろう。おめぇと話して、何がどうなる」

「何がどうなるかは、皆さんの話を聞いてからです」

「あ？」

狸八は舞台の下で興味もなさそうにしている男たちを見回した。誰かの寝息が響いている。

「皆さんは、十郎さんに連れてこられたと聞きました」

「それがどうした」

「どういういきさつでここへ来たのか、それが知りたいんです」

けっ、と武蔵が鼻を鳴らす。

「それなら座元に聞きゃあいい」

「皆さんの口から聞きたいんです」

狸八は膝をつき、武蔵と目の高さを合わせる。銀之丞が隣にあぐらを掻いた。

「聞かせてくれよ、俺にも。せっかく同じ一座の仲間になったんだからよ」

人好きのする笑顔で、銀之丞は言う。

「仲間だなんざ」

「思っちゃいねぇか？　でもな、役者も裏方も一蓮托生(いちれんたくしょう)なんだな、これが。芝居の一座ってのはそういうもんなのよ」

狸八は武蔵の目を見て頷く。

「銀の言う通りです」

武蔵は不機嫌そうに眉を寄せた。

「話したくはないですか」

「喋ったところで、おめぇらには何もわからねぇさ。俺らはな、てめぇらみてぇに気楽にゃ生きてねぇんだ」

苦々しく吐き捨てる。銀之丞がぐっと身を乗り出した。

「おい、気楽たぁ聞き捨てならねぇな」

「銀」

気を悪くするのはもっともだが、それでは話が進まない。今は黙ってくれと、小声で諭す。

「言ってみなけりゃわからないこともありますよ。それにここは、いろんな人が、縁あって辿り着いた場所なんです」

金魚も虎丸も。

「俺もそうです。話すだけ、話してみてくれませんか」

しばし沈黙が下りた。花道の方から響く微かな寝息がいびきになって、その音が大きくなると、誰かがその主をはたいた。目覚めた男がいてぇと叫び、それを聞いた武蔵は口の端で笑った。

「情けねぇ」

目だけで、狸八と銀之丞を交互に見る。

「情けねぇよ。陸の上にいる。それだけでも情けねぇってのに、こんな穴蔵の中でな、土にまみれてよ」

どういうことだろう。狸八は問いかけず、武蔵の次の言葉を辛抱強く待った。

ただまっすぐに目を見ていると、観念したかのように、武蔵は口を開いた。

「俺はな、漁師なんだよ。俺だけじゃねぇ。ここにいるみんな、漁師だ」

「漁師、ですか」

「おうよ。去年の秋に、ひでぇ嵐があった。覚えてるか？」と、武蔵は煙管で狸八の顔を指す。

「あの嵐でな、舟が、みんなやられちまった。みんな、みんなだ。みんな持って行かれちまったんだ。あれにな」

堰（せき）を切ったように、武蔵は繰り返した。

　昨年の九月、ひどい嵐があったのは狸八も覚えている。その頃は椿屋を追い出されてはいたものの、まだ手元にはわずかな金があったため、狸八も旅籠（はたご）に宿をとった。そうしなければ、とても夜を明かせないほどの嵐だった。

　翌朝、外へ出ると、辺りには瓦（かわら）や木桶（きおけ）、木の枝などが散乱していた。どこから飛んできたのかわからない、店の名の入った暖簾や三味線や障子まであった。町がきれいになるまでに、半月かかったのを覚えている。

「昼過ぎにはおかしな風が吹いてきたから、舟は太い縄で杭（くい）に繋いだ。網は浜の物置小屋の中へしまった。いつもの嵐なら、それで間に合ったんだ」

　武蔵は深く息を吐き、噛みしめるように続きを口にした。

「朝になったら舟はない。物置小屋もない、網もない。板切れや木っ端、ちぎれた短いただの紐……そういうもんが、浜には山ほど打ち上げられて、波にも浮いていた。それなのに、海は静かで、空はやたらと青くてなぁ……あんなにも、空(から)っぽになったのは、あとにも先にもねぇさ」

　奈落の暗闇の中から、すすり泣く声が聞こえた。

「それからは、みんないろいろさ。舟を新しく誂えた者もいるが、元が貧乏漁師だ。金貸しに渋られりゃあ、それまでよ。俺は知り合いの魚河岸(うおがし)でちったあ働かしてもらったが、どうにも虚(むな)しくてな。金ができるとすぐに博打(ばくち)につぎ込んで、すっからかんだ」

　自分自身に呆れるように、武蔵は首を左右に振った。

　十郎と出会ったのは、今年の夏だという。屋台で蕎麦をすすりながら店主に愚痴(ぐち)をこぼしていると、背後から声をかけてきた者があった。

「蕎麦屋のおやじが腰ぃ、抜かしてよ。誰だか知らねぇが、まあ、只者じゃねぇことはわかったな」

　へへ、と思い出して武蔵は笑う。見目のいいその男は、鳴神座の座元だと名乗った。聞けば、腕っぷしの強い男を十人ほど、雇いたいのだという。

「飯の面倒を見よう。寝床のない者にはそれも。もちろん金は弾む。新しい舟が買えるようになるまで、うちで働いてはどうか」

十郎はそう言ったという。狸八と銀之丞は顔を見合わせた。それはつまり、舟が買えるだけの金が貯まったら、鳴神座を離れてもかまわないということだろうか。

先ほど、武蔵はこう言った。

俺はな、漁師なんだよ。

舟はなくとも今でも漁師なのだと、武蔵は言いたいのだろう。

武蔵はすぐに漁師仲間を集めた。割のいい仕事だ。舟を失い、途方に暮れていた男たちは飛びついた。仕事場が穴蔵だと聞いたときも、舟が買えるようになるまで堪えようと、互いに励まし合った。

だがな、と武蔵は地面に向かって息を吐く。

「合わねぇや、こりゃ。座元には悪(わ)りぃが、向いてねぇ」

「そんな」と、狸八は声を漏らす。

「俺たちはな、お天道様(てんとうさま)の下で、海と空を見て暮らしてたんだ。穴蔵は性に合わねぇ。おまけに、役者なんてもんもよくわからねぇ」

煙管を顔の前に突き出され、銀之丞は思わずといった様子でのけ反った。

「同じ力仕事だ。仕掛けた網を引き揚げるようなもんだと思っていたが、どうも違うようだしな。悪いが、俺たちゃ明日にでもここを出てくぜ」

「舟は、舟はどうするんです」

「そりゃあ」

武蔵は言葉に詰まる。

「大工でもやるさ」

「たしかに大工は稼げますが、それなら、どうしてこの一年、大工をやらなかったんです」

おそらく、大工仕事も合わなかったのではないだろうか。言い返さない武蔵を見るに、そう思えた。ものを獲る仕事と、作る仕事とではまるで別のものだ。

「武蔵さん、芝居を見たことがないと、言ってましたね」

「え、そうなのか？」

銀之丞が驚いた声を上げる。

「ここにいる誰もか？　誰も見てねぇのか、芝居を？　鳴神座の芝居をか？」

武蔵を含めた八人の奈落番は黙りこくっていた。銀之丞は大袈裟な素振りで額をはたく。

「なんてこった」

「ああ、それなら仕方ないさ」

狸八の言葉に、銀之丞がきょとんとして見る。

「仕方ないってなんだ」

「見たことがなけりゃ、間合いの取りようもないだろ」

銀之丞と目を合わせる。狸八の思惑に気付いた銀之丞が、目を見開いた。

「見たことがないなら、見せればいい。先生や十郎さんたちに頼もう。鳴神座の芝居を見てもらうんだ。奈落番の、みんなに」

「おい、俺たちはそんなことで」

武蔵はそう口を挟んだが、銀之丞はきらきらとした顔で立ち上がった。

「よしっ、いっちょやるか！」

五、月夜之萩

奈落番の男たちに総ざらいを見せてはどうか。

狸八がそう言うと、松鶴は机の前で腕組みをして唸った。それの示しているのが肯定か否定かわからず、松鶴が口を開く前にと、狸八は続ける。

「本当の総ざらいでなくていいんです。今、稽古している最中の芝居を、そのまま舞台でやるんです。衣裳や鬘や囃子は、できるだけ本番と同じがいいとは思いますが。その方が、本番の様子が思い浮かびます。舞台の真下にいても、上で何をやっているのかがわかる。そうしたら、奈落番たちだって、ちゃんと芝居の間合いを摑んでくれますよ、きっと」

福郎と左馬之助が、金魚と銀之丞が顔を見合わせた。

「先生、俺もそう思うよ」と、銀之丞が付け足す。

「まさかあの連中が、芝居を見たことがないなんて思わなかったんだ。いや、小屋掛け芝居くらいならあるかもしれねぇけどさ。それとこれとはまた別だ」

なるほどな、と松鶴は呟(つぶや)く。

「話を知ってるだけじゃあ、本物を見なけりゃわからねぇ、か。たしかに筋(すじ)は通ってる」

「俺も、雨夜曾我盃の総ざらいを見たとき、胸が震えたんです。この一座の端っこにいられることを、うれしいと思った。武蔵さんたちにも、そう思ってもらいましょう」

金魚がこくこくと頷(うなず)いた。狸八はなおも言う。

「先生は、銀にこうおっしゃったそうですね。お前は自分のことばっかりで芝居全体を見ていない、と。全体を知らない限り、自分のことしかわからない。自分のことばかり考えるのも道理です。全体を見れば、己が何をすべきか、わかるはずです」

はっきりと言い切る狸八の顔を見て、松鶴はにやりと笑った。

「狸八」

「はい」

「おめぇ、なかなか筋がいいな」

思わぬ言葉にどきりとする。

「一座をちゃんと見渡せてるようだ。そういう頭があるのは悪くねぇ。作者部屋の人間でいるにはな」

よし、と松鶴は膝を叩いて立ち上がる。

「十郎と喜代蔵さんに話つけてくるか。そしたらおめぇらは、裏方衆に触れ回んな」

松鶴には福郎だけがついていき、あとの者たちは頭を低くしてそれを見送った。

斯くして、十郎と喜代蔵の許しは得られた。稽古場でその話を聞いた役者たちは、概ね乗り気だったという。岩四郎などは、あの生意気な奈落番たちに目にもの見せてくれようと、そのあとの稽古により力が入ったそうだ。

「俺の芝居を見れば、俺がどれだけの役者かわかるだろうよ。せりの上げ下ろしも慎重にせざるを得なくなるさ」と笑ったそうだから、いかにも岩四郎らしい。

孔雀もまた、それについては賛同したそうだ。

一方で、梅之助は渋ったらしい。

「たった八人のために、わざわざ一日がかりの総ざらいを、とは。こんな半端な時期に総ざらいをするくらいなら、俺は稽古をしていたいけどね」

そっぽを向く梅之助に、松鶴は言った。

「その八人の出来が、芝居の出来を左右するんだ。おめぇも手伝いな。おめぇが幽霊やら狐やらになるときもある。そのときに困るのはおめぇだ」

快く、とはいかなかったそうだが、それを聞いて梅之助も承諾した。狸八には、梅之助の渋った理由がわかる気がした。梅之助は半端なことが嫌いだ。役者と狂言作者しかいない稽古場でならともかく、そのほかの裏方たちまで集まる総ざらいで、仕上がっていない芝居を見せたくはないのだろう。説得できただけでも十分だ。

決まった総ざらいの日を、左馬之助と金魚と狸八とで、手分けして小屋中に知らせた。裏方たちの反応はさまざまだ。大道具方や床山（とこやま）は、まだ建物や鬘が仕上がっておらず困っていたそうだが、小道具方や衣裳方は舞台で試せる機会のあるのを喜んだ。

「朱雀の衣裳は袂（たもと）を長くしてるんだ。それこそ、振袖よりもね。どの程度なびくか見ておきたかったんだよ。稽古場と舞台とじゃ、風の吹き方が違うからね」

衣裳方をまとめる春鳴はそう言うと、自分も針子（はりこ）にまじって仕立てを急いだ。

奈落番の代わりに総ざらいでのせりの上げ下ろしをするのは、大道具方や小道具方、楽屋番から何人かずつ出すことになった。

「力仕事なら、鳴神座じゃ、うちが一番だろうが」と、大道具方の源治郎は腕組みをして首を捻る。

「ただ、間合いが取れるかどうか」

「合わせる必要はないそうですよ」

そう答えたのは、狸八とともに総ざらいの日取りを伝えに来た左馬之助だ。

「先生が言うには、合わないところを見せた方がいいとか」

「合わないとこを？」

「奈落番たち自身に、一番いい間合いを見つけさせたいんだそうです。総ざらいを見て、これじゃだめだと思うくらいがいいと。その方が、自分たちでも頭を使って動くから、と」

ははあ、と源治郎は唸った。

「さすが、先生は先のことまで考えていらっしゃるな」

「そのようです」

「わかった。わざと合わないようにというのも難しいが、無理に合わせもしない。できるだけうまくやってみよう」

「では、よろしく頼みます」

源治郎は話がわかる。話がわかるということは、全体が見えているのだろうと狸八は思う。松鶴からの信頼が厚いのも頷ける。

総ざらいの朝は、雨だった。狸八は武蔵たち八人の奈落番を、舞台の下へと迎えに行った。朝から稽古だと聞いていた八人は、億劫(おっくう)そうにあくびをしながらも、全員でそこにいた。嫌だと思っても、向かないと口では言いつつも、そう簡単には辞められないのだろう。八人のうち、五人は妻子があると聞いている。朝からこんな穴蔵の中なんて、狸八でも気が滅入(めい)りそうだ。今日はことさらに暗い。

「おう、なんだおめぇか」

八人の中では若い男が言う。若いといっても、二十二、三だ。名はたしか、長治(ちょうじ)といった。

「稽古はまだか。こっちは待ちくたびれてんだ」

「やるなら早くしてくれ。さっさとすまして、早ぇ(はえ)とこ帰ぇ(け)りてぇんだ」

集まってきたほかの者たちも、不満げに言う。

「上はさっきからずいぶんと騒がしいようだが、何をしてる」

武蔵の問いに狸八は答えた。

「皆さんを迎えに来ました」

「迎えに？」

「上がってください。今日、皆さんは客です」

奈落番たちが顔を見合わせた。

「ついてきてください」

明かりを手に、石段を上(のぼ)る。舞台袖(そで)に出ると、首を傾(かし)げつつついてきた男たちを、狸八は舞台にほど近い正面の平土間へと案内した。升(ます)に区切られた見物席に、よく見えるよう、二人ずつ座るように言う。東西の壁際に設けられた桟敷(さじき)席の方が一段高く値の張る良い席だが、舞台全体を見渡すならば、正面の方がいい。花道に造られたすっぽんも、ちょうど左手によく見える。

舞台は幕が閉じられていた。黒、紺、柿渋の縞の幕は、芝居を知っている者が見れば、これから始まる芝居に胸を躍(おど)らせるものだが、八人はそれを見てもきょとんとしていた。

「こりゃあ、なんだ」

武蔵が困惑したようにこちらを見る。狸八も、彼らの傍(そば)の席に腰を下ろす。見物席には、ほかにも裏方や出番の遅い役者たちが、ぽつぽつとあちこちに座っていた。みな、目を凝(こ)らすように幕を見ている。始まるのを待っている。

奈落番の少し後ろには、松鶴と福郎、左馬之助の姿があった。金魚は本番のときと同様に、黒衣(くろご)の衣裳に着替え、書抜(かきぬき)を持って役者の間を走り回ることになっている。まだ台詞(せりふ)を覚えきれていない役者もいる時期だ。

窓は目いっぱい開け放されているが、それでも暗い。ざあざあという雨音とともに、雨の匂いと冷たい風とが、緩(ゆる)やかに戯場(ぎじょう)に降りてくる。鼻の奥がつんとする。

「もちろん、芝居ですよ」と、狸八は答えた。

拍子木(ひょうしぎ)が鳴る。まるで本番のように、澄(す)んだ音を響かせる。

幕引きが走った。幕は裾(すそ)をひらりと揺らしながら、上手(かみて)へときれいに収まっていく。

三味線(しゃみせん)の音を従えて、舞台に現われたのは料理屋の一室だった。膳を前に酒を飲んでいるのは、稲荷町筆頭役者の市之助演じる土岐源九郎に、虎丸演じる諏訪新右衛門。そして友人の月岡四郎と貴船忠三郎は、それぞれ錦太と甚六が演じている。ほかに女中が二人いて、そちらは藤吉と山瀬だ。

時は元禄　秋の宵
幼き頃より睦みし友と　久方ぶりの再会を
寿ぐがごとき　黄金の月よ

太夫の節をつけた浄瑠璃に、奈落番たちは耳を澄まして舞台を見る。ぐいと盃を呷るように飲み干し、源九郎が言う。

「近頃はおもしろいこともなく、暇を持て余していたのだ。お主らとまた会えたのは運のいいことだ」

「拙者も、源九郎に忠三郎、新右衛門と、またこうして会えてうれしゅうござる」

そう四郎が言い、

「懐かしいのう」

忠三郎も頷く。新右衛門一人、女中に酒を注がせては、黙りこくって飲んでいる。三味線の音色はしっとりとして艶やかだ。

「子供の頃は、よく皆で遊んだものだ」

「今では遊びの類も変わったが」

「四人そろえば同じことよ」

三人は盃を目の高さに掲げて同時に飲むと、他愛もない昔話を語り出す。どこの菓子がうまかっただの、四郎がどこの犬に噛まれただのといったことだ。昔の恥をつかれた四郎は、慌てて忠三郎に向かって言う。

「お主とて、蜂に刺されて泣いていたではないか」

「なんと」

そこへ源九郎も四郎に加勢する。

「そうだ、泣いていたな。あれはたしか、剣術の稽古の帰りのことだ」

端の席で変わらず盃を傾けていた新右衛門が、ぴたりと動きを止めた。

「懐かしいなぁ」と、呟いたのは四郎だ。

「鷹波先生は、今もお元気でいらっしゃるだろうか」

「皆で挨拶に行きたいのう」

忠三郎も言う。

「そうだな。皆で顔を見せに行こう。新右衛門、お主も行くであろう」

源九郎が尋ねると、新右衛門は、きっと睨み返した。墨で凜々しく引いた目張りと、演じる虎丸の目つきの悪さも相俟って、なかなかの迫力だ。

「なんだ。なにを睨むことがある」

新右衛門は黙っている。

「ああ」と、忠三郎が思い出したように声を上げた。

「そうだ、新右衛門、お主、先生の大層お気に入りだった壺を割ったことがあったな。あれは唐津の品だったか」

「ははあ、それで顔を見せづらいと申すか」

四郎がからかうように言って笑う。その四郎を手振りで諫め、源九郎は言う。

「なに、大昔のことだ。先生もお許しくださるさ。そうだ、もう覚えておらぬかもしれぬぞ。それに、今にして思えば、たいしたことではなかったしな」

その言葉に、新右衛門は膳をひっくり返して立ち上がった。三味線の音が、強い余韻を残して静まる。皿や椀が辺りへ散らばり、女中たちが悲鳴を上げて部屋の隅で身を寄せ合う。

「ややっ、何をする」

「覚えておらぬゥ？」

虎丸の最初の台詞だ。

「たいしたことではない、覚えておらぬ、とな？」

「どうした、新右衛門」

訝(いぶか)しむ源九郎へ歩み寄り、新右衛門はその顔を覗(のぞ)き込む。

「覚えておらぬのは、お主の方ではないか？」

「なに？」

「壺を割ったはお主ぞ」

源九郎が、驚きを顔に表わして立ち上がる。

「木刀を振り回し、割ったのはお主ぞ、源九郎。それを、拙者に罪を着せおった。みなの前で、拙者がやったのだと、背後から、えいと突き飛ばしたのだ」

虎丸の声は、幼き頃より引きずった恨(うら)みを、一言一言じっくりと告げる。四郎と忠三郎も腰を上げた。

「なにをばかな」

呆(あき)れたように、市之助は笑みを口元に浮かべて源九郎を演じる。だが、その日はなにか不安そうに、左右に忙(せわ)しなく動いていた。稽古の初めの頃とは違う芝居だ。以前はまっすぐに新右衛門を見て放っていた台詞の、意味が変わる。

　源九郎は思い出したのだ。己のしたことを。

「ばかとは」

「そのようなこと、覚えておらぬ」と、源九郎は首を振った。

　四郎と忠三郎が顔を見合わせた。大仰な仕草で目を見開き、驚きを表わして、二人は源九郎を見る。源九郎の次の言葉を待つ。

「そもそも子供の頃のことではないか。ばかばかしい。今さらなんだというのだ」

「お主はいつでもそうだ。忘れた方がよいことを知っておる。賢いのだ。だが、それゆえに狡い」

「狡いとは、聞き捨てならぬ。拙者、そのような卑怯な真似をしたことなどないわ。お主の思い違いであろう」

　怒りに任せ、拳を振り上げた新右衛門を、四郎と忠三郎が、後ろから羽交い締めにして止める。なおも新右衛門は暴れようとするが、源九郎は背を向けた。

「酒が不味くなってしまったわ。今宵はお開きとしよう」

　そう言って、一人袖へとはけていく。源九郎の足取りに合わせて拍子木が鳴らされ、幕が閉じられていく。奈落番たちは、隣の者と顔を見合わせては首を捻る。

「なんであんなにのろく喋(しゃべ)るんだ」

「芝居ってのはこういうもんなのか？」

「おもしれぇのか？　これが」

狸八は苦笑して、内心、これからだと呟く。背後では、松鶴たちがぼそぼそと言葉を交(か)わしていた。

しばらくして再び幕が開くと、そこには月夜に照らされる道があった。銀色の平たい月が、黒幕の夜空に輝いている。銀之丞が前に言った通りだ。あの月は、ただの黒い幕を夜空に変える。

その夜空の下には白い漆喰(しっくい)の塀(へい)があり、その手前、左手には柳の木が、右手には地蔵と、その隣には立派な萩(はぎ)の木がある。柔らかにしなる細い枝には細かな葉が並び、その先には赤紫色の花が咲いている。薄暗い小屋の中でも花の色をはっきりと見せるため、道具方が苦心したと聞いた。本物の萩よりも色をあえて明るくしたそうだ。その方が、月光に照らされているようにも見える。

提灯(ちょうちん)を提げ、一人家路に就く源九郎は、立ち止まり、顎(あご)に手を当てて呟く。

まったく、新右衛門はいつからあんなに恨みがましくなってしまったのだろう。あれで武士とは、なんと情けないことか。

そのあとは無言のまま、源九郎は舞台を行ったり来たりする。正本には、「おもいれ」の丸印が書いてあるところだ。市之助が源九郎の心情を、その足取りや仕草で伝えている。

ふと、源九郎は道端の地蔵に気付くと、しゃがみ込み、傍らに提灯を置いて手を合わせる。なにを祈っているのだろう、と客が思う頃には、背後の木の陰から新右衛門がぬっと姿を現わす。黒の羽織は舞台上に落ちる影と馴染み、見る者はそれが動いて初めて新右衛門だと気付くのだ。狸八はぞくりとする。腕に鳥肌が立った。

新右衛門はゆっくりと刀を抜く。鳴らされた三味線の音色は、その刃を滑る光に似ている。新右衛門の顔は、口の端を下げて結んだ怒りの形相だ。化粧で強調されている。源九郎はまだ気付いていない。だが、新右衛門が刀を大きく振り上げたとき、その気配に気付き、とっさに立ち上がりつつ脇に避けた。新右衛門の刃が空を切り、誰かが息を呑むのが聞こえた。

「おのれ何奴！」

声を上げ、源九郎は気付く。

「お主……！　新右衛門か！」

よく磨かれた銀色の刃が、きらりと光る。

「待て！　刀を収めよ、新右衛門！　なぜあれしきのことで、そこまで荒ぶるのだ！」

「あれしきのこと？」

新右衛門の声が震えるように揺れる。

「あれしきのことだと⁉　源九郎よ、お主は知らぬのだ！　あれから俺がどんな目に遭ったか！　あの一件は父上の耳にも入った！　俺は父や兄から、卑怯者、諏訪家の出来損ないと、罵られて育ったのだ！　どれほど肩身の狭かったことか！　どれほど父や兄や、お主が憎かったことか！　あれから俺は、父に可愛がられることもなくなった！　土岐家の長男坊は出来のよい跡取りと、誰もが褒めるのを、俺ははらわたが煮えくり返る思いで聞いていたのだ！」

新右衛門はもう一度刀を振り上げる。源九郎もそれに合わせ、腰の刀に手をやった。正本では、初めから刀を抜いて対峙することになっていたが、稽古を進める中で段取りが変わった。新右衛門の強い恨みを表わすため、背後からの不意打ちという手を取らせたのだ。

「今宵お主が頭を下げれば、畳に額をつけてあのときのことを詫びれば、それで俺は許そうと思うていたのだ！　この十数年、きっとお主も気に病み、苦い思いをしたのであろうと、分かり合えると思うたからだ！　だが、お主は何もかも忘れておった！　忘れて笑って暮らしておったのだ！」

新右衛門の目に、光るものがあった。

虎丸が泣いている。

稽古とて手を抜かない。虎丸が、己の生きた意味を刻もうとしている。

狸八はその芝居を焼き付けようと、目を見開いた。

「許さぬ……許さぬ！」

新右衛門を止めることは、もう誰にもできないのだ。源九郎は観念したかのように刀を抜いた。刹那、斬り合いが始まる。幾度か立ち位置を入れ替えながら刃を重ねた後、源九郎の刃が、ついに新右衛門の隙をついた。右の肩から袈裟懸けに一閃、新右衛門はがくりと膝をつき、うつ伏せに舞台へ倒れた。その背に、新右衛門の背後でともに斬られた萩の枝が落ちる。小道具方がこのために、一際美しく作り上げた一本の枝だ。作り手自身が黒衣となって舞台に潜み、より印象的に新右衛門の体を飾る。

息も荒く、源九郎は倒れた新右衛門を見下ろす。

「新右衛門よ、拙者は……」

どこかで犬が吠えた。その声に怯えたかのように、源九郎は提灯を拾い上げると、足早にその場をあとにした。幕がゆっくりと閉じられ、新右衛門の死体を隠していく。

隣から、ふう、と息を吐くのが聞こえた。誰かが息を詰めて見ていたのだ。それは、夢中になっていたという証だ。幕が閉まるとき、客は芝居の中から戻ってくる。

「おい」と、武蔵が狸八に向かって言う。

「はい？」

「このあとどうなるんだ」

思わぬ問いに、狸八は一瞬返す言葉を探す。

「ええと、皆さん、話の筋は聞いていたんじゃないんですか」

「忘れちまったよ。一度聞いただけだ。なあ、どうなるんだ」

狸八はくすりと笑ってしらばっくれる。

「終わりまで見ればわかりますよ」

「あいつはちゃんと、とっ捕まるんだろうな」

源九郎のことだ。

「さあ、どうでしょう」

「新右衛門が、あれじゃ気の毒だ」

武蔵の口ぶりに、ほかの奈落番たちも、そうだそうだと頷く。

「源九郎っつったか。あいつはひでぇやつだ」

「あいつに罰が当たるんだろうな」

狸八はごまかすばかりで答えなかった。そんな中で一人だけ、別のことを尋ねた者がいた。

「なあ、この一座には犬もいるのか？」

最後に聞こえた犬の声のことだ。

「いえ、あれは稲荷町の役者がやってるんですよ」

へえ、と男は嘲るような顔で笑う。

「役者ってそんなこともすんのか。気取ってるかと思ったら、犬の真似までするたあ、なんだか変な連中だな。犬の真似じゃあ格好もつかねぇだろうに」

男はばかにして言ったのだろうが、不思議と狸八は腹も立たなかった。

「芝居は皆でつくり上げるものですから。芝居をよくするために、自分にできることはなんでもするんです。役者でも裏方でも、一座の者なら誰でもそうです」

ここにいると、自然とそう思う。

外から見れば恥ずかしく見える役目も、情けなく見える役目もあるだろう。だが、中にいればそうは思わない。必要な役目だ。そして、芝居と一つになれたことが誇らしく感じられる役目だ。狸八はそれを知っている。

口を閉じると、雨の音が聞こえる。奈落番たちは、じっと黙って次の幕が開くのを待っていた。

三幕目が始まる。ここから、役者の顔ぶれががらりと変わる。先ほどまでの市之助と同じ黒紋付の衣裳を纏って現われた十郎は、光まで纏っているかのようだった。

先ほどと同じ闇夜が、なにか違うように見える。皓々と輝く銀の月と、十郎が呼応しているかのようだ。

背後を気にしながら重い足取りで舞台上手に現われた十郎は、立ち止まり、土岐家の門をじっと見上げたあとで、見物席をぐるりと見回す。一瞬、目が合ったように感じる。奈落番の誰かがごくりと喉を鳴らした。

「俺ぁ、なんてことを」

声に勢いはなく、それだけ言うと門をくぐった。

「今、帰った。誰ぞか、おるか」

深く、よく通る声でそう呼びかける。その声だけで、土岐家の主はこの源九郎なのだと、威厳を示しているかのようだ。

妻の桂と女中とが、いそいそと奥から現われる。桂は渋い紫色の小袖姿だ。帯も淡い象牙色で派手さはないが、高く結った島田髷も相俟って、武士の妻らしい品格に溢れている。女中役の銀之丞がせかせかと細かく足を動かすのに対し、桂役の梅之助は、急いではいてもゆったりとして艶やかだ。

女中と桂の順に、床に膝をついて主人を出迎える。

「おかえりなさいまし。遅うございましたね」

源九郎の顔を見上げて桂が言う。その美しく化粧された顔が客からもしっかりと見えるよう、顔を傾けているのはさすがだ。

「ああ、話が盛り上がってな」

「皆さま、お変わりはございませんでしたか」

「ああ。皆、達者にしていたよ」

後ろめたさからか、源九郎は桂の顔をほとんど見ない。後悔が、すでに胸を支配しているのだ。源九郎が廊下を奥へと向かう、そのあとに桂と女中が付き従う。

「それはよろしゅうございました」

三人が下手（しもて）の袖へと引っ込むと、三味線の音が誰もいない舞台に響く。その間に、舞台上手の門と、下手にあった屋敷の廊下とが、それぞれ袖へとしまわれていく。代わりに下手に出てきたのは、源九郎の居室だ。上手は木々の切り出しや植栽が足され、庭が出来上がっていく。まだ完璧ではないようだが、十分に見られる出来だ。源九郎の部屋からは、庭へと下りられるようになっている。

源九郎が、襖（ふすま）を開けて現われた。三味線の音が徐々に小さくなっていく。座布団に腰を下ろすと、源九郎は腕を組む。太い眉（まゆ）が歪（ゆが）められている。

「朝になれば、知れること。自ら名乗り出るべきか、否か」

源九郎は悩んでいる。当主が人を殺（あや）めたとなれば、土岐家の行く末には暗雲が垂れ込める。だが、このまま黙っていることもできぬ。

そこへ、舞台後方の幕だまりから、太鼓の音が聞こえてきた。小刻みに太鼓を打ちながら、少しずつ音を大きくしていく。ドロドロだ。

狸八はちらりと横目で奈落番を見る。戯場の端まで響くほど大きくなった音は、また初めに戻って小さな音になる。この波を二度繰り返し、三度目の波が大きくなる。

だが、奈落からはまだ岩四郎の頭も見えなかった。囃子方が、それを待って音の波を長引かせていると、奈落から、やっと岩四郎が姿を現わした。

片膝をつき、姿を現わした新右衛門は、きっと見物席を睨みつける。髪は乱れ、化粧は虎丸が演じていたときよりもさらに濃くなり、月代(さかやき)の青黛(せいたい)の青さも増して、肌はいっそう青白く見える。そして衣裳は、黒地に雲の柄が染め抜かれた着物に、揃いの鼠(ねずみ)色の袴(はかま)と裃(かみしも)をつけている。

黒い衣裳は悪役によく使われるが、新右衛門はそれだけではない。死後も残る武士としての誇りと芯とを、そこに重ねた裃でもって表わしているのだ。

「あいつだ」と、武蔵が呟いた。

「なんだ、思ったのとずいぶん違わぁ」

たしかに、友に殺された武士の幽霊と聞いて思い浮かべる姿とは、少し違うかもしれない。髪は顔に沿って幾筋も毛束が下がっているものの、髷も結われたままだ。

源九郎は、まだ庭の新右衛門に気付いていない。新右衛門はその場に立ち、屋敷の方を向いて腕を伸ばす。

「おのれェェ源九郎ゥゥゥ」

怒りのあまり声は震えている。

「ぬううん」

呻くように、力を込めてゆっくりと腕を上げる。すると源九郎が首を押さえ、苦しみ出した。

奈落番たちが身を乗り出した。せりが上がりきってしまえば、下にいる者には、舞台の上で何が行なわれているのかはわからない。新右衛門が何をしているのか、初めて見るのだ。

源九郎が苦しそうな声を上げる。よろめきながら立ち上がり、人を呼ぼうとするが、声が出ない。意識が朦朧とする中、庭へ下りようとして、源九郎は新右衛門に気付く。

「なっ、新、右衛門」

新右衛門は源九郎を睨みつつ、腕を下げた。しばし間があり、またせりがゆっくりと下がっていく。ここは本来ならば、源九郎の台詞のすぐあとにせりを下ろさねばならないのだが、おかしな間が空いてしまっている。

新右衛門が消えると、源九郎は屋敷の上がり口に倒れ込んだ。奥へ声をかけると、慌てた様子で桂と女中がやってきて、源九郎を介抱する。そのさなか、花道からは朱雀演じる霞が現われた。

この役のために舞踊の稽古を増やしたという朱雀は、淡い桃色の薄物の、袂の長い衣裳を纏い、ひらひらと舞う。暗がりに浮かび上がる、蝶のようなその姿に、客の目は釘付けだ。三味線と鼓の音がその舞を軽やかに彩る。花道を行ったり来たりするうちに、霞は一か所をぐるぐると回るように舞う。その真ん中には、すっぽんがある。

人は人なり　世の営みは
知らぬ者なり　萩は萩
されど萩とて　恩を知る
恩を知りては　恋を知る

太夫の歌声と、その背後で微かに鳴るドロドロの中、すっぽんからゆっくりとせり上がってきた紅谷孔雀は、艶やかな赤紫色の衣裳に身を包んでいた。萩の花と同じ色だ。鬘は普段の孔雀と同じように総髪に結ったものだが、より高く、髪はより長く、華やかになっている。目の下に引いた紅が、妖（あや）しさを際立たせる。

舞台上では源九郎が介抱される芝居が、台詞なしで続けられていた。話の中心は萩の精へと移ったのだ。

「アレ、遅かったかねぇ」

孔雀演じる萩の精が、色っぽく言う。

「もうどこかへ行ってしまった。危（あや）うく斬られるところだったものを、庇（かば）ってくれたあの人は」

萩の精は左腕を撫（な）でる。

「おかげで、枝の一本で済んだんだ」

霞はひらりひらりと踊っている。魂（たましい）はないため、萩の精の言葉に応えることはない。

「また会えるのかねぇ」

すっぽんが下がり始める。朱雀はまだしばらくそこで舞っていたが、せりが下りきる頃には、花道の奥へと消えていった。

舞台上の桂の「今宵はゆっくりとお休みなさいませ」の言葉を合図に、幕が閉じられていく。

すると一斉に、奈落番たちが喋り始めた。女形たちの美しさに始まり、岩四郎の稽古からの変わりよう、霞が何者なのか問う声など、ひとしきり盛り上がったあとで、長治が言った。

「親方、せりの上げ下ろしが」

それまで無言で聞いていた武蔵が頷く。

「遅かった……あれじゃ、間が悪(わ)りぃ」

狸八は思わず振り向いて、左馬之助と目が合うと、笑みを浮かべて頷いた。

続く四幕目は、舞台が新右衛門の殺された場所へと戻る。白河右近演じる同心(どうしん)の中川義兵衛と、橘新五郎演じる岡っ引(おかっぴ)きの政吉が、殺しのあった場所を調べているのだ。地蔵と萩の木の傍には、筵(むしろ)をかけられた死体が横たわり、足だけが筵から出ている。あれは虎丸の足だ。

「政吉よ、どう思う」

「どうとは――」

「四日前の神田(かんだ)の辻斬りと、同じ下手人(げしゅにん)だと思うか」

うぅん、と政吉は腰に手を当て、大袈裟に首を捻る。

「太刀傷は似てますが、こっちの方が腕はよさそうだ」

「左様。下手人は別か、それとも辻斬りが爪を隠していたか」

「鷹が辻斬りをしますかねぇ」

政吉の軽口は取り合わず、中川義兵衛は辺りを見回した。

周囲には見物人が集まっている。見物人は稲荷町の役者たちが総出で演じており、よく見ると、中には一幕目で料理屋の女中を演じていた二人も、書抜を手にした黒衣姿の金魚も交じっている。

ひそひそと言葉を交わす見物人たちに向かい、中川は誰か下手人を見た者はいないかと尋ねる。すると、進み出てきたのは老人と若い男だった。老人は近くにある大店の隠居であった。演じているのは鳴神喜代蔵だ。真っ白な鬢と髭をつけている。杖をつく隠居を気遣いながら、雲居竜昇演じるお付きの若い男が口を開く。

「昨晩、ご隠居は濱田屋さんに招かれて、碁を打ちに参りました。もちろんわたくしも供をいたしました。大層長引き……、いや、盛り上がりまして、帰ったのは月が高く昇る時分でございました」

声はもともとの癖を強めており、右近の深みのある声との対比が、人物の立場の違いまでも表わしている。

「ありゃあ、濱田屋が狡い手を使ったからじゃ。おとなしくしておれば、儂がぽんと勝てたものを」

「そうでもしなければ、濱田屋のご隠居が、ご隠居に敵うはずはございますまい」

お付きの男の言葉に、隠居は満足そうに白い髭を撫で、にっこりと笑った。

「それで」と、同心の中川が先を促す。

「はい。ちょうど向こうの辻に差し掛かったところで、男の言い争う声を聞きました。一方がまくし立てておりましたが、そのうちに斬り合う音が聞こえて」

思い出したのか、竜昇は、男は身を震わせた。

「顔を見たか」

中川が尋ねると、男は首を横に振る。

「顔が見えるほど、近付いてはおりませぬ」

「なんだ、見てねぇのか」

政吉が呆れたように天を仰いだ。

「そりゃあ、ご隠居に何かあっては大事ですから」

隠居が髭を撫でて頷く。

「ですが、身なりのいい男でした。黒の羽織を着ていましたから。ちょうど、その仏さんと同じような身なりでしたよ」

政吉は帯に差した十手の房をいじりながら、中川を見る。

「身なりのいい男なんざ、ここらにゃ掃いて捨てるほどいるだろうさ。旦那、どうします」

中川は見物人の中の、女中たちに目を留めた。

「お主ら、今の話を聞いて、何やら顔が変わったな」

ほかの見物人たちが退き、二人だけが残される。女中たちは慌てて袖で顔を隠すが、もう遅い。

「話を聞かせてもらおうか」

中川が太い声で言い、女中たちはしぶしぶ、昨夜の様子を語り始める。

続く五幕目は、土岐家の庭師を演じる雲居長三郎が、庭木の枝を切っているところから始まる。あれから毎晩、新右衛門の幽霊が出る。月は欠け、夜は日に日に暗くなるので、庭の暗がりを少しでもなくそうと、庭木の枝を切るようにと言いつけたのだ。

「まったく、旦那様はどうされたのか。近頃なにかに取り憑かれたかのようだ」

と、長三郎はぼやく。丸顔で歳は五十手前、鳴神座ではめずらしい、小太りな役者だ。

桂も夫の体を心配している。あの晩から、源九郎はどんどんと痩せていくばかりだ。

「一度、お医者様に診ていただいた方がいいのではございませんか」

庭に面した源九郎の居室で、桂が心配そうに言った。その後ろには、女中の銀之丞も控えている。

「医者などいらぬ」

書物に目をやったまま、源九郎はぶっきらぼうに答える。

「ですが……お食事もほとんど召し上がっておりませぬ」

「いらぬと言っておる」

「ならば、一度お祓いをしていただいてはいかがでしょう?」

「くどい!」

書物から顔を上げ、源九郎が声を荒らげる。見ているこちらまでびくりと肩が震えるほどの迫力だ。桂は手で顔を庇いながら、体を後ろへ反(そ)らす。指先が白い。

「お祓いとはなんだ！　俺が、なにかに取り憑かれているとでも言うのか！」

「いえ、そのような」

桂は頭を低くする。それよりもさらに頭を下げた銀之丞が、おそるおそる顔を上げ、ためらいつつ口を開く。

「旦那様、奥方様は、旦那様の身を案じておられるのです」

銀之丞の、今回唯一の台詞だ。激昂(げっこう)する主に怯えつつも、主とその妻とを思いやる心持ちが、声音(こわね)によく表われている。狸八はそう思った。

「黙れ！」

怒鳴(どな)られ、女中はひれ伏す。二人は部屋をあとにし、庭師もいなくなった。

次に現われたのは、あの夜、料理屋で一緒だった月岡四郎と貴船忠三郎だ。四郎は鳴神佐吉が、忠三郎は紅谷八郎が演じている。二人が座敷に腰を下ろすと、女中が湯呑を運んできて、頭を下げて去った。銀之丞の出番はここまでだ。

周囲に人の気配のないことを確かめ、四郎が口火を切った。

「新右衛門のことだが」

当然、二人も新右衛門が殺されたことは知っている。

「調べは進んでおらぬそうだ」

「下手人はまだ捕まらぬか」

源九郎の答えに、しばし四郎と忠三郎は黙り込む。やがて、忠三郎が重い口を開いた。

「源九郎、お主、本当に何も知らぬのか」

八郎の声には、疑いの色が含まれている。

「どういう意味だ」

「あの夜、お主が帰ったあと、新右衛門もお主を追うように出ていった。二人で止めたんだがな。あいつは聞く耳を持たなんだ」

「そうか」

「新右衛門は、しこたま酒を飲んでおった。足元はふらつき、草履を履こうとしてよろけ、壁にぶつかる有り様よ」

四郎も頷く。

「帰るのならば送っていこうと言ったのだが、余計な世話だと振り払われてな。拙者も頭にきて、そのまま一人で帰してしまった」

「そうか……では、気に病んだろう」

その言葉に俯く四郎の横顔は、鼻筋が通り、儚げな様子だった。

「お主が何も知らぬなら」と、忠三郎がため息とともに言う。

「新右衛門は、辻斬りにでもやられたのであろう」

「不憫なことよ」

源九郎は変わらぬ調子で答えた。

去り際、立ち上がり、源九郎に背を向けた四郎が忠三郎に向かって言う。

「新右衛門は身の丈六尺ぞ。辻斬りなぞが狙うものか」

凛々しさを纏い、父に似て透き通った声の佐吉が言うと、その台詞からは四郎の正義と友を思う苦悩とが感じられた。忠三郎は諭すように首を横に振ると、二人は土岐の屋敷をあとにした。

源九郎一人を部屋に残し、夜が更けていく。背景の幕が、黒く変わる。するとドロドロの音とともに、新右衛門が庭に姿を現わした。今回も、やはり間合いは遅い。

「ええい、憎き、土岐源九郎よ」

新右衛門が両手を振り上げると、源九郎は苦しみ始める。まるで傀儡のように、体を曲げて呻き声を上げる。

「殺すならば、いっそ殺せッ」

「そう簡単に殺すものか。苦しむがいい。地獄の方がまだましと、思うほどに苦しむがいい！」

その台詞を待っていたかのように、花道には颯爽と霞が現われ、優雅に舞う。その舞の中心から、ゆっくりと萩の精が現われた。

今夜は会えた。萩の精は喜びを顔と仕草とに表わし、新右衛門の元へと駆けていく。霞もあとを追う。

「やっとお会いできました！　妾はうれしゅうございます！」

萩の精の言葉に、新右衛門は戸惑う。

「お主、何者だ」

「萩にございます。あなた様が、あの者の刃より庇ってくださいました。ああ、お会いしとうございました」

萩の精は新右衛門の肩に頰を寄せる。新右衛門が驚いたためか、途端に源九郎の体が自由になる。源九郎は畳の上に倒れ込んだ。

朱雀が薄く透ける衣を孔雀にさりげなく渡す。それをなびかせ、萩の精と霞は新右衛門の周りを舞う。息の合った女形の兄弟の舞は、絵巻物のように美しい。まるで夢のようだ。

「ええい、邪魔をするな！」

「うれしいのでございます！　おまけにあなた様は、こちらへ来てくださいました」

「物の怪の棲む世にか」と、新右衛門は皮肉を口にする。

「人の住む世とは到底、違う世にございまする！」

新右衛門は何を思ったか、己の両手に目を落とした。しばし沈黙する。

そこへ、源九郎の声を聞きつけた桂が、襖を開けて入ってきた。源九郎に駆け寄り、膝をついたあと、庭の光景を見て悲鳴を上げ、倒れる。

「邪魔者ばかりよ。今宵は、これまで」

新右衛門の台詞を合図に、ドロドロの囃子が始まった。新右衛門だけを乗せたせりがゆっくりと下り、それを見届けた萩の精も、花道のすっぽんから消えていく。霞は現われたときと同じように、花道を駆け抜けていった。

ちっ、という舌打ちが、狸八の耳に届いた。そちらを見ると、武蔵と目が合った。武蔵は気まずそうに顔を擦りながら小声で言った。

「芝居のことじゃねぇ。あれじゃ、遅すぎる。流れが台無しだ」

やがて目覚めた桂に、源九郎は事の次第を打ち明ける。桂は夫の所業に言葉を失うものの、顔は徐々に、厳しくなっていく。夫と家をどうしたら守れるか、考えているのだ。

「ときに、あのおなごは一体何者でございますか」

「聞いたところによると、萩の精ということだ」

「萩の、精」

「俺が新右衛門を斬ったのを、どうやら、新右衛門が萩の木を庇って斬られたと、そう思い込んでいるらしい」

桂は俯き、時折顔を上げ、深く思案している。しばし、三味線の音だけが聞こえる。この辺りは、正本で「おもいれ」を示す丸印と、「よろしく」とが書かれていたところだ。やがて、桂の表情が明るくなる。見物席からでもそれがわかるほど、紅を塗った唇の端が、大きく上がっている。

「あなた、わたくし、よいことを思いつきました」

桂は源九郎の袖を引き、部屋を出ていく。ここで五幕は終わり、残すは最後の第六幕のみとなった。

幕間に奈落番たちが話し合いを始めた。横で耳をそばだてていると、聞こえてきたのはせりの上げ下ろしの間合いについてだ。

「ドロドロドロ、ドロドロドロドロドロ、って鳴るだろう、あれの二回目の、頭ぐれぇで上げ始めるとよさそうだ」と、武蔵が言い、ほかの者も頷く。

「上げるときはゆっくりの方がいいが、下ろすときは早い方がいいんじゃねぇかな」

そう言ったのは長治だ。

「消えるとわかってるもんが、いつまでも残ってんのはなんだか間抜けだ」

「たしかにな」

「萩の精もそうするか」

すっぽんの上げ下ろしを行なう三人も加わる。

「萩の精は、霞とも間合いを合わせないとな」

「すごいな、あの二人は。ずっと見ていてぇくらいだ。きれいなもんだな」

「ああ、たしかにな……あれ、それならよ、萩の精は下ろすのもゆっくりでいいんじゃねぇか？」

ああ、よかった。

狸八は安堵の息をつく。皆に、芝居のおもしろさをわかってもらえた。おもしろいと思ったから、武蔵たちは、今の間合いではだめだとわかったのだ。そして、芝居がよりよくなるにはどうしたらいいか。芝居に相応しい間合いが、見えてきている。そう思っていると、

「おうい、狸八よ」

後ろから呼ばれた。松鶴だ。松鶴の元には、幕間ごとに違う裏方の親方がやってきては、何事かを話し合っていた。今も床山の宗吉が、相談を終えて戻るところだ。

「はい、なんでしょう」

「新右衛門の上げ下ろしんときに、足りねぇもんがあるな。わかるか？」

松鶴は試すような顔をする。

「足りないもの、ですか」

狸八は腕組みをした。足りないもの、なんだろうか。岩四郎の迫力は十分だと思うのだが、それになにか足せるものがあるということか。

「六幕が終わったらもういっぺん訊く。当ててろよ。わかんねぇようなら、ひと月、廊下の雑巾がけだ」

「え」

これは、奈落番ばかりを気にしている場合ではなくなった。雑巾がけなんて苦手中の苦手だ。前にも一度言われてしたことがあるが、床をびしょびしょにして、そこら中から大目玉をくらったのだ。

「先生、狸八に雑巾がけなんて、俺らへの罰みてぇなもんじゃないですか」

左馬之助が抗議をしている。もっともだ。だが松鶴は取り合わず、からからと笑っていた。拍子木が鳴る。

新右衛門の登場と退場とに、足りないもの。

狸八は身を乗り出すように舞台へと目を向けた。

六、漁火(いさりび)

最後の幕は、夜の源九郎の屋敷の庭に、桂が一人立っているところから始まった。遊女役のときのような華やかさはないのに、かえって梅之助の艶やかさが際(きわ)立(だ)っているように見える。夫と家とを守ると決めた、その覚悟を太夫が歌い上げる。

源九郎のいないとき、新右衛門は現われない。だが、萩の精はお構いなしだ。今夜も新右衛門に会えるかもしれないと、霞を纏って現われるに違いない。

静かだ。三味線が間を取り、ゆっくりと鳴らされる。一つの音が鳴ると、その音が消えてから、また次の音が奏でられる。桂は動かない。顔は正面から見物席を見据(みす)えている。

花道の奥から滑るように、霞が舞いながら登場すると、やはりすっぽんの周りに留(とど)まった。魂を持たぬ霞を演じる朱雀は、表情を一切変えることなく、人形のように舞っている。それは、萩の精が人から遠く離れた存在であることを示している。一見すると健気で一途な萩の精に、朱雀は美しさや妖しさだけでなく、この世のものではない恐ろしさまでも添えているのだ。

新右衛門のときよりも小さく、高い音で鳴らされるドロドロの合間に、きりきりと軋む音が聞こえた。やがて、片膝をついた萩の精の姿が見えてくる。

「ここは静かに上げた方がいいな」

武蔵の囁きに、すっぽんの上げ下ろしを担う三人が頷いた。

萩の精は桂など見えないかのように、いつも新右衛門の現われる庭へと向かい、霞と戯れるように舞ったあとで首を傾げた。

「今宵はいらっしゃらないご様子」

諦めて、帰ろうと屋敷に背を向ける。

「お待ちくださいまし」

琴の音のような声で、梅之助が呼び止める。

「そなたは、新右衛門殿に会いに来たのでございましょう」

萩の精の目に、初めて桂が映る。数歩戻ると、じっとその顔を眺める。派手で妖しい風貌の萩の精と、渋く艶のある桂、正反対の女二人が対峙する。

「お主は誰じゃ。なぜあの方のことを知っておる」

萩の精は訝しむ。それは嫉妬かもしれない。

「新右衛門殿は、我が夫の友であった方。そなたに頼みがあるのです」

「頼みとな？」

「そなたが新右衛門殿のことを思うておるならば、どうか、あの方をお助けしてほしいのでございます」

「助けてほしい？　はて、どういうことじゃ」

べベン、と強く弾かれる三味線の音を合図に、桂が前へと進みでる。ここからが勝負だ。

「あの方は、わが夫に心を縛られております。夫を地獄へと引きずり落としたいのでございましょう。しかし、さすれば新右衛門殿も、共に地獄へ落ちることとなりましょう」

「なんと！」

萩の精は驚いて身を引き、その胸のざわめきを表わすかのように、霞が周囲で激しく踊った。

「それは困る！　妾はあの方を夫とし、共に暮らしたいのじゃ！」

桂は袖で涙を拭う仕草を見せる。

「ああ、なんとおいたわしい新右衛門殿」

それからくるりと身を翻すと、桂は萩の精にぐいと近付いた。

「どうか、新右衛門殿を説き伏せてくださいませ！　新右衛門殿には、もはや誰の言葉も届かぬよう。失ったものに縋るは人の性分とはいえ、なんと哀れなことにございましょうか。どうか新右衛門殿が、この世の者に心を縛られず、どうか穏やかに、そなたと暮らせますよう！」

二人の間に割って入るように、霞が踊りながらすり抜ける。そこがこの世とあの世との境目だ。桂は夫のため、気丈にもあの世の淵へと身を乗り出している。

「あい、わかった」

萩の精は桂の目を見て頷くと、妖しくも美しい顔を見物席へと向ける。

「そなたの願い、妾が聞き届けよう。人の心なぞわからぬが、あの方にまだその心があるならば、妾も人の心を知ろう。そして、あの方をお救いいたそうぞ！」

二人が離れ、萩の精がすっぽんの上に片膝をつくと、わずかに戯場の暗さが増した。東西の二階の桟敷の上にいる窓番が、舞台に近い方の窓を閉めたのだ。少しして窓が開けられ、再び元の明るさに戻ると、桂も萩の精も、霞もいなくなっていた。時の経過を、今の短い暗闇で表わしたのだ。

背景の幕が、夕暮れを示す茜色の幕へと変わっている。源九郎の居室に案内されてきたのは、同心の中川義兵衛であった。料理屋の女中たちへの聞き込みから、源九郎に辿り着いたのだ。

源九郎は病人のような格好で背中を丸め、肩から羽織をかけていた。髷も乱れている。

「諏訪新右衛門殿とは、古くからのご友人と聞いておりますが」

右近は大きな目をぎょろりと回し、源九郎の一挙手一投足を見逃すまいとしている。

庭には岡っ引きの政吉がおり、やはり話に耳をそばだてている。

「此度のことは、拙者も口惜しく思っております。新右衛門は、さぞ無念だったことでござろう」

憔悴しきった源九郎の声音は、決められた文言を読み上げるかのように一本調子だ。もはや、同心相手に芝居をする気力もないのだろう。

「長年の友を失い、さぞ気落ちされたことでございましょう」

源九郎は答えない。

その頃になって、友人の月岡四郎と貴船忠三郎も源九郎の屋敷へとやってきた。源九郎の元へ同心が訪ねてきたことを聞いたのだ。

「源九郎よ」と、佐吉演じる四郎が言う。

「中川殿は、お主が下手人ではないかと疑っているのでござろう」

じろりと、中川が四郎を見る。四郎も負けじと見返す。二人の目には力がこもり、今にも火花が散りそうだ。

「お主でないなら、はっきりと言えばよい。新右衛門を殺めたのは、己ではないと。そして中川殿にはお帰りいただけばよいではないか」

「そうだ。源九郎、お主ではないのだろう。そう申せ。申してくれ」

「なぜ黙っているのだ、源九郎よ」

いくつかのやりとりをするうちに、背景の茜色の幕が切って落とされ、その後ろにあった黒い幕が、夜の来たことを告げる。天井から、糸で吊られた銀の月が下りてくる。源九郎は虚ろに押し黙ったままだ。

政吉は庭へと下りる階段に腰を下ろしたままうたた寝をしていたが、やがてドロドロが鳴り出すと、不穏な気配に目を覚ます。

ここだ。新右衛門が出てくる。

狸八はせりへと目をやる。足りないものはなんだ。

頭のてっぺんからじりじりと姿を見せる新右衛門は、迫力だけなら十分だと思うのだが。足りないものがあるとすれば……。

現われた新右衛門に、政吉は取り乱し、座敷へと飛び込んだ。庶民らしい、大袈裟で大雑把（おおざっぱ）な仕草だ。

「なんじゃ政吉！　血相（けっそう）を変えて！」

「だだ、旦那、幽霊だ！　ありゃ、あの仏さんの幽霊だよ！」

「なに！　諏訪殿か！」

中川が立ち上がり、縁側へと向かうが、源九郎はその場に立っただけだった。

「ここへ現われるということは、やはり、下手人は土岐源九郎！　そなたであろう！」

右近の声は腹にびりびりと響く。

源九郎は目をそちらへと向けているが、見つめる先は中川ではなく新右衛門だった。

「もう、よい」

誰にともなく言うと、源九郎は縁側へと向かう。廊下で耳をそばだてていた桂が駆け込んできて夫の袂を摑もうとしたが、間に合わなかった。源九郎は弱々しい足取りで中川の前を通り過ぎ、庭へと下りていく。

「新右衛門よ」

掠（かす）れた声で呼び、膝をつく。

「知っておったのだ」

新右衛門は源九郎を見下ろしている。

「拙者は知っておったのだ……己が狡いことを。己の賢さが、卑劣なものであることも。だが、それを認めれば、今までの拙者の生きた道も、得たものも、すべてを捨てることになる」

地べたに座り込み、俯いて語る。皆の前に新右衛門が現われたとなれば、真相はじきに明るみになる。だが、そのことに観念したというよりも、源九郎は嘘を塗り重ねることに疲れているように見えた。

桂が萩の精へ頼みごとをしたことも、知っていたとしても、それを待つのに堪（た）えられなかったのだろう。青白い顔をした源九郎は小さく、今にも倒れそうだ。

「土岐家の嫡男（ちゃくなん）は出来がよい。お主も、聞いたことがあると申しておったな」

見物席の目も舞台上の目も、すべて源九郎に集まっている。

「その出来のよさは、拙者の狡賢さの上につくられたもの。それを守っていこうとすれば、より狡賢くあらねばならなかった。そうでなければ、みな、失うものと」

源九郎は震えながら顔を上げる。睨みつける新右衛門に向かい、告げる。

「新右衛門よ、拙者を殺してくれ」

なんと、と高い声を上げたのは桂だ。よろめき、座り込む。

「殺して、地獄へ落としてくれ。さすれば、お主の気も済むであろう？」

新右衛門は重い口を開く。

「それが、拙者への詫びになると？」

「許してもらおうとは、もはや思わぬ。だが、お主には拙者を殺す訳がある。いくつも、いくつもな……」

新右衛門は源九郎に向けて腕を伸ばす。

「ふん、なんと呆気ない、つまらぬことよ……だが、お主の望み通りにしてくれよう！」

開いた大きな手を、ゆっくりと、潰すように握っていく。桂が顔を覆い、源九郎が呻いて喉を押さえた、そのときだった。

「旦那、ありゃあ、何だ？」

　政吉が花道を指差す。音もなく現われた萩の精は、霞を連れて舞台へと向かうと、両腕を広げて新右衛門の前に立ち塞がった。霞はその後方に膝をつく。

「貴様、この前の……また拙者の邪魔をしに参ったかァ！」

　萩の精は怯まない。新右衛門の力が途切れたか、源九郎が大きく咳き込む。桂が駆け寄り、泣きながら夫の体をさすった。

「いいえ、新右衛門様、あなた様をお救いに参りました」

「救う、だとォ？」

　桂が萩の精の背を見上げる。新右衛門の方へと一歩踏み出して、萩の精は両の腕を下ろす。

「新右衛門様、妾には人の心はわかりませぬ」

「しかしわかることもございます。あなた様は、死んだのです」

「ならば失せよ！」

　新右衛門が歯を食いしばった。

「生きている者を憎み、手にかけ、それでなんとなります。かようなところにいて、なんとなります。ここは、あなた様の、いるところではないのではありませぬか」

「わかったような口を利くでない！　拙者は、あの源九郎に！」

新右衛門に睨まれ、源九郎は息を荒くする。中川や四郎、忠三郎は新右衛門や萩の精から目を離せずにいるが、政吉だけは、中川の背に隠れて手を合わせていた。

萩の精は首を振る。

「そのような醜いお顔をなさらないでくださいまし！　あなた様は、妾を助けてくださいました」

「そなたを助けてなどおらぬ！」

「されど妾は救われました！　妾は、あなた様へ、恩をお返ししとうございます」

萩の精は新右衛門の前に両膝をついた。

「あなた様はもう死んだのです」

萩の精は繰り返す。

「この世の者に、心を縛られて何になりましょう。もうあなた様はこの世には戻れぬのです。どう足掻こうとも、それは変わらぬこと。あの者を憎み、恨み、手にかけ、共に地獄へ落ちて、なんとなります。妾にはわかりませぬ」

萩の精は激しく首を振った。長い黒髪を光が滑る。

「その手から離れ、失ったものに、いつまでも心を縛り付けなさいますな」

奈落番の誰かが洟をすすった。

立ち上がり、萩の精はその手を新右衛門に向かって差し出す。萩の精の周りで静かに舞っていた霞が、二人の周囲を、円を描いて舞い始めた。

「さあ、こちらへ。共に参りましょう」

新右衛門は嘲るように言う。

「あの世へ参れと申すか。恨みも晴らさず成仏しろと？　笑わせる」

「いいえ、ゆく先は妾の中にございます。あなた様の体から流れた血は、妾の血肉となりました。妾の花の色は、あなた様の流した血の色にございます」

ああ、だからあんなにも、萩の精の衣裳は色鮮やかなのだ。

「拙者に、萩の精になれと申すか。なんと惨めな。拙者は武士でござる。生まれたときから今日まで、武士として生きて参った。その誇りを、魂を、捨てよと申すか！」

語気を荒らげる新右衛門の言葉に、萩の精は一度だけ、ゆっくりと首を横に振る。その目には強い光が宿る。

「変わることとは、捨てることではございませぬ！」

源九郎が顔を上げた。己を庇うように立つ、萩の精の背を見つめている。

「生まれ変わるだけ。たった、それだけのことではございませぬか」

目頭が熱くなる。稽古場でも何度も見た場面なのに、涙があとからあとから溢れてくる。正本で読んだときよりも、胸を揺さぶられる。きっと、誰の胸をも揺する。

新右衛門も、そうだったのだろう。

「生まれ変わる……ことは、捨てることではない。そう申したのか、萩の精よ」

不思議だ。化粧は変わっていないのに、新右衛門の顔からは、怒気が消えていた。

新右衛門は萩の精を脇へどけると、ゆっくりと源九郎に歩み寄った。新右衛門様、と止めようとする萩の精を手で制す。

新右衛門は再び源九郎へと手を伸ばし、ぐっと拳を握る。源九郎と桂は目を閉じるが、何も起きぬまま、二人は再び目を開いた。新右衛門は高らかに笑う。戯場中にその声が響く。

「どうやら、お主の望みは叶えてやれぬようだ、源九郎よ。拙者には、もうその力はないと見える」

「なんと？」

新右衛門は体を起こし、まっすぐに立つ。

「拙者はもう、萩の精になったようでござる」

庭木の陰から二人の黒衣が飛び出て、新右衛門の左右から、同時に紐を引いた。すると新右衛門の着ていた鼠色の裃と袴とがするりと脱げ、その下から、鮮やかな赤紫色の袴と裃が現われた。萩の精の衣裳と同じ色だ。おお、と見物席から感嘆の声が上がる。

「さらばだ、源九郎」

「新右衛門」

「達者で暮らせ。お主もまた、変わったのだ」

源九郎の顔つきが変わる。桂に支えられながら立ち上がる。その間に、政吉と中川が小さく言葉を交わした。

「旦那、こりゃあ」

「新右衛門殺しの下手人探しは、ふり出しに戻ったようだ」

政吉は何か言いたげだったが、中川の二人に向けるまなざしに、口を挟むのはやめたようだった。

新右衛門は萩の精の肩を抱く。うれしそうにその胸に頰を寄せる萩の精とともに、戯場の奥をまっすぐに見上げると、霞が二人の背後を、華やかに舞い始めた。源九郎と桂もまた、二人の見据える先を追うように、目を上げる。

岩四郎が息を深く吸い込んだ。

「これがァ、新たな門出よォォ！」

新右衛門の声は、秋風のように清々しく戯場に吹き渡る。

「皆の衆、さらば、さらばよォォォ！」

それを聞く源九郎の目にも、輝きが満ちていた。

一際大きく拍子木が打たれる。澄んだ音色は、二人の行く末を暗示しているかのようだ。幕はその余韻を味わわせるかのように、ひらりひらりと閉じていった。

芝居が終わると同時に、見物席で見ていた裏方たちが一斉に動き出す。衣裳方、床山、大道具方、小道具方と、それぞれ集まって、あそこはこうした方がいいだの、あれはうまくいったただのと言葉を交わす。何人かが松鶴のところへも話を聞きに来る中、春鳴の上機嫌な笑い声が、高い天井に響いていた。

奈落番たちは静かなものだった。幕が閉じたあとも、長いこと舞台から目を逸らさなかった。逸らせなかった、と言ってもいいかもしれない。

狸八は気付かれないように涙を拭った。まだ本当の総ざらいでもないというのに、これだけ揺さぶってくるのは何なのだろう。そう思いながらも、うれしかった。どうだこれが鳴神座だと、内心、奈落番たちに胸を張っていた。

「どうでした」

そう声をかけると、武蔵は我に返ったかのように振り向いた。その頬には、涙の筋が二本、窓からの薄明かりに照らされて光っていた。

「あ、ああ」

拳で頬をごしごしと擦る。

「どうでした、鳴神座の芝居は」

「こういうもんなんだな、芝居ってのは」

そう呟いたあと、武蔵は、恥ずかしそうな笑みを浮かべた。

「金持ちの道楽だと思ってたんだ。やる方も、見る方もさ。こりゃ、高い金払ってまで見るのもわかるよ……あんたらが必死なのも」

　なんとうれしい言葉だろう。狸八はこれ以上ないほどの笑みを浮かべて頷いた。前に銀之丞から言われた言葉が、自然と口をついて出た。

「こんなに楽しい場所は、この世のどこにもないんですよ」

「お？　なんだ、大袈裟だな」

　そう言った武蔵だが、顔はまんざらでもなさそうだった。

　舞台上では幕が開き、道具方が建屋や庭の木々の切り出しを運び出している。これから手直しが行なわれるのだろう。役者たちは、衣裳方や小道具方、黒衣と、それぞれ話し合っている。

　それを見て武蔵が呟いた。

「ちゃんとやらなくちゃあな、俺らも」

　なあ、と奈落番たちに言うと、皆、頷いていた。まだ泣いている者もいる。萩の精の必死の言葉は、新右衛門だけではなく、この男たちにも届いたのだ。

「おい、狸八、おい」

　後ろから、コンと頭をはたかれた。振り返ると、いつの間にかすぐ後ろで、松鶴が腕を組んでいた。手には閉じた扇子がある。

「呼んでんだから返事をしやがれ」

「すみません」

「で、どうだ。わかったか」

「あ、はい、ええと」

新右衛門の登場と退場とに足りないもの。狸八は芝居を思い出す。

「萩の精にとっての霞にあたるものが、新右衛門にもあった方がいいんじゃないでしょうか」

「ほう」

続けろと、松鶴は顎をしゃくる。合っているのかいないのかわからず、狸八は不安なまま続きを話す。

「ドロドロの音だけだと、少し見た目が、萩の精の華やかさに対して劣るように思いました」

「なるほどな。して、それをどうするか」

「えっ」

物足りなさをどう埋めるか。まさかその方法まで考えるとは思わず、狸八はその場で頭を巡らす。

「ええと、ええ、と」

「はっきり言え」

「け、煙みたいなものがあるといいんじゃないかと」

新右衛門が登場するときに、白い煙の中から現われたら。萩の精が霞を連れて登場するように、見た目が派手になるのではないだろうか。そう伝えると、ぱしっ、と松鶴が扇子で掌を打った。

「よし、おめぇ、煙出せ」

「煙を？」

「なに驚いてんだ。今、おめぇが自分で言ったんじゃねぇか」

「いや、それはそうですけど」

「当たってんだよ。おめぇの言ったことは」

狸八は目を見開く。

「ちゃんと見えてんだ」

松鶴の口ぶりに、後ろの席から福郎が顔を覗かせる。

「廊下がびしょ濡れにならずに済みそうですか」

「おうよ」

そう言うと、松鶴は満足そうに笑った。

それからの稽古は順調そのものだった。狸八の合図がなくとも、奈落番たちはドロドロの波を聞き、互いに目配せをすると、場面ごとに決めた速さで仕掛けを回し、せりの上げ下ろしをした。

ときには早く、ときにはゆっくりと、芝居の流れや余韻にまで気を配る。一度芝居を見ることとで、こうも変わるのかと思う。武蔵は稽古場に入ることも許され、十郎や松鶴、福郎に助言を求めることもあった。

役者への態度も変わった。本人には「あんた」、いないときには「あいつ」呼ばわりしていた岩四郎に、恥ずかしそうに「岩四郎さん」と呼びかけたときには、岩四郎本人も驚いていた。

「よせやい、今さらばかばかしい。あんたで結構だ」

そう言ったが、奈落番たちは照れたように首を横に振るばかりだった。

狸八はといえば、奈落番に合図を出す役目はなくなったが、代わりに煙を出す役目ができたので、相変わらず奈落の底にいた。

青々とした杉の葉を集め、それに火を点けて、白い煙をもうもうと起こす。蚊遣りと同じだ。せりを上げるときは、火を点けた杉の葉に、煙が外へ漏れないように桶をかぶせておく。せりの上げ始めに桶を取れば、煙が舞台へ立ち上るのだ。反対に下ろすときには、先に舞台の下に煙を溜めておく。すると、せりを下ろし始めると同時に、その煙が舞台上に漏れ出していくという寸法だ。

青い杉の葉は、煙の量はちょうどよかったのだが、匂いがきつく、目も痛くなる。すぐに奈落番と岩四郎から山ほどの苦情を浴びせられ、狸八は杉の葉から生木に替えることにした。

その日の朝まで水に浸けていた、まだ湿り気の残る細い枝を束ねて、火を点ける。しっかりと火が点くまでは、枝は白い煙を出す。それが炎になったら、用意しておいた水を張った桶にすぐさま浸けた。床下から火事を出しては大ごとだ。

匂いは杉の葉よりはましになったものの、煙いことに変わりはないので、奈落番たちは皆、手拭いで鼻と口とを覆った。おまけに火を焚くので暑い。十一月だというのに、男たちは着物の上をはだけているのが常だった。狸八も顔に手拭いを巻いたが、その頃には顔半分を手拭いで覆っていても、誰が誰だかわかるほどには打ち解けていた。

「こりゃあ千穐楽までに燻されちまうな」

着るものからも体からも同じ匂いをさせて、煙に涙目になりながら、軽口を言い合って笑った。

すっぽんの方も同様で、ときどき、奈落番と孔雀と左馬之助の笑い合う声が、狸八のところまで響いてきていた。

舞台下での稽古を終え、数刻ぶりに小屋へと戻ると、廊下で喜平太と鉢合わせた。なんだかずいぶんと久しぶりな気がする。

「どうですか、仕事の方は。慣れましたか」

「ええ。まあまあで……狸八さん、すごい匂いですね」

目を丸くして、喜平太は狸八の上から下まで眺め回す。

「舞台の下で煙を焚いてるんですよ」

狸八は着物の袖を鼻に当てる。煙をぎゅっと煮詰めたような匂いがする。おまけに汗の匂いとも混じっているから、お世辞にもいい匂いとは言えない。

「ああ、それで」

「はは、まいりました」

「風呂、使いますか？」

喜平太が風呂場を指した。

「いや、それは」

　小屋の風呂は役者のためのものだ。作者部屋の見習い程度が使ってはまずい。狸八がそう口に出す前に、喜平太が言った。

「役者さん方は、皆さんもう入られました。少し水を足して沸かし直しますが、どうです？」

　何やら頼もしい口ぶりだ。

「じゃあ、お言葉に甘えさせてもらいます」

　そう答えると、喜平太は顔をほころばせた。

　洗い場で体を流し、湯船に浸かる。洗っても煙の匂いは落ちなかったが、それでもいくらかいい。火の近くで燻されてひりひりとしていた顔を洗いながらほぐす。ついでに目も洗う。思わず、ほうっという声が、腹の奥底から漏れた。

「湯加減はいかがですか」

　外の竈端にいる喜平太が、格子の間から顔を覗かせる。

「ああ、ちょうどいいですよ」

「それはよかったです」

「喜平太さんは、中ざらいは見たんですか」

稽古途中での総ざらいは、松鶴によって「中ざらい」と命名された。

「ええ。見させていただきました。いい芝居でした。あっしは、ここへ入ってますます芝居が好きになりました。風呂番をやらせてもらえるのは、ありがたいことです」

そうですか、と頷くと、喜平太は窓の下に引っ込んだ。火吹き竹を吹いているのだろう。

中ざらいをやる前は何を半端な時期にと文句を言っていた役者もいたが、これはこれで、道具方や衣裳方、床山たちは、それぞれ見直しが早くできるとのことで、評判はよかった。総ざらいのあとに何かを変えるとなると、なかなかに忙しいのだ。

次のときもまたやるかと、松鶴や春鳴、宗吉辺りは乗り気だったが、大道具方は間に合わないものもあるためか、やや不安そうだった。

「あの」と、狸八は窓の外へ呼びかける。すると、すぐに喜平太が顔を見せた。

「なんですか」

「あの猫は、まだこの辺りにいるんですか?」

風呂の水汲みを放り出してまで、追いかけていたあの大きな猫だ。

「近頃は、朝晩冷えるようになりましたので」

どこか暖かいところを見つけて、そちらへ行ってしまったのだろうか。

「火の消えた竈の中にもぐり込んで寝てるんですよ。だから朝はまず、猫を出して、灰をはたいてやらないといけません。はたくと、煙のように灰がぽんぽんと舞い上がるんですよ。困ったもんです。まあ、かわいいですが」

稽古とはかけ離れたのどかさに、狸八は思わず噴き出した。そうか。猫は喜平太の傍にいてくれているのか。

弟に重ねることに意味がないとはわかっていても、狸八は安堵し、それから、なぜだか少しだけ泣きそうになった。

「そりゃあ、よかった」

それだけ言って、狸八はばしゃばしゃと顔を洗った。

十一月一日、顔見世番付が江戸市中に配られた。銀之丞は自分の名前の大きさが変わっていないことを悔しがり、虎丸は、その銀之丞とほとんど変わらぬ大きさで名が記されていたものだから、その日からしばらく機嫌がよかった。

初日の朝は、稽古場でも作者部屋でも、それぞれの場所で神棚に向けて柏手（かしわで）

を打つところから始まった。みなぴりぴりとしており、いつもより人は多いのに、いつもより静かだった。

小屋中で、粛々と支度が進んでいく。

「よし、左馬、金魚、狸八。うまくやれよ」

「はい」

呼ばれた三人は声を揃える。金魚はすでに黒衣姿だ。中ざらいのときと同じように、今回も書抜持ちとして、興行の初めの数日は舞台に上がることになっている。

生木の束と水を張った桶を抱えて舞台袖から石段を下りると、奈落番たちはすでにやる気に満ちていた。

「来たな、狸八ぃ」

「おはようございます」

「おう。いよいよだな」

せりの上がりきった、暗闇の濃い奈落の底で、蠟燭の心許ない明かりに照らされて、男たちは笑っていた。

三番叟、脇狂言の『与一千金扇的』と、進んでいくのを天井の足音で知る。やがて『月夜之萩』の一幕目が始まった。

「今頃あれか、新右衛門が膳をひっくり返してる頃か」

長治が尋ねる。もうすっかり、話の筋は頭に入っている。

「そうでしょうね」

「じきに二幕か」

天井を、なにか重いものが引きずられていく音がする。大道具方が、料理屋を引っ込めて木や地蔵を並べているのだ。萩の木も、もちろん据えられる。

「もうすぐだなぁ」

武蔵の呟きに、狸八は頷いた。

もうすぐ、新右衛門が斬られる。本番では血糊(ちのり)が使われると聞いている。虎丸は血糊を使うのは初めてだと喜んでいた。血まみれになるのを喜ぶとは、なんだかおかしい。

天井の足音で、斬り合いが始まったとわかる。音はしばしあちこちへ動き、やがて、せりの辺りに一際大きな音がした。虎丸が倒れたのだ。新右衛門が死んだ。奈落番たちが、俄(にわ)かにそわそわとし始める。出番が迫っている。

しばらくして、せりがこんこんと叩かれた。せりを下ろすようにとの合図だ。

せりを下ろすと、途端に音と光がなだれ込んでくる。道具方の声と、大道具を動かす音、役者や裏方の声、幕の向こうのざわめき。舞台の光景もわずかだが見えてくる。源九郎の屋敷の屋根が動いている。ここは舞台の真ん中だ。

合図をくれた金魚は、奈落の縁にしゃがみ込んでいた。黒い前垂れを上げている。

「皆さん、もうすぐですからね。支度をお願いします」

ああ、と狸八が手を上げると、金魚はにっと笑って行ってしまった。すっぽんの下にも合図を出しに行くのだろう。狸八は枝の束が湿りすぎていないか、もう一度確かめる。三幕目の新右衛門登場の場面は、一番大事なところだ。

あっ、と武蔵が声を上げた。見ると、せりにべったりと新右衛門の血がついている。

「血糊だ！　早く拭け！　岩四郎さんの衣裳についたらえらいことだ！」

役者どころか、衣裳方にまで気を配っている。奈落番たちの変わりようを微笑ましく思いながら、狸八は岩四郎を迎えに石段を上った。

初日はまずまずの出来だった。完璧とまではいかなかったのは、初日の重圧で、皆の息がわずかに合わなかったからだ。煙も、登場のときの量が足りない幕があった。日が経つにつれ、狸八も奈落番たちも慣れてきて、間合いはどんどんよくなり、五日目には、十郎と松鶴からも褒められた。

芝居の最中、せりを下ろしていると、少しだけ上の様子が見える。奈落番たちはそれを楽しみにしていた。霞の長い薄桃色の袂や、萩の精の翻る髪がちらりとかすめただけで、おお、と感嘆の声が漏れる。皆、芝居の中にいられることがうれしいのだ。

庭師役の雲居長三郎などは、落ちないようにと奈落の場所を確かめるたびにこちらに目をやるので、それを待つ者もいた。

せりが下りている間はずっと上を見上げており、皆、一日が終わる頃には首をさすって苦笑いを浮かべた。

そうこうしている間に、あっという間に千穐楽を迎えた。岩四郎と孔雀には贔屓客がずいぶんと増え、今や人気はうなぎ上りだ。回を重ねるごとに、見物席は客で埋まり、溢れるほどだった。今夜は大入り当たり振舞があると聞いている。芝居が特に当たったときにしか開かれない大掛かりな宴会で、開かれるのは、今年の三月以来だ。

『月夜之萩』は、よほど当たったらしい。そう言うと、武蔵はきょとんとしていた。

「当たり前だろう、そんなの。これだけいい芝居だ」

「そりゃあ……そうですね」

そう答えると、せりの上で片膝をついた岩四郎が、声を殺して笑った。その鼠色の裃（かみしも）と袴（はかま）の下には、赤紫色のもう一対が隠れている。顔を見合わせながら、狸八は最後の枝の束に火を点ける。もう嗅（か）ぎ慣れてなんとも思わなくなった真っ白な煙が、ゆっくりと、天井の畳一畳分ほどの穴から上がっていった。

ドロドロが、聞こえる。

もはや掛け声もなく、目だけで互いに合図を出し合って、奈落番たちは仕掛けを回す。狸八は枝の束を振り回し、新右衛門の幽霊に煙を纏わせる。衣裳には、すっかり煙の匂いが染み付いた。

すっぽんの方からも、微（かす）かな軋みが聞こえる。新右衛門と萩の精との新たな門出が、舞台の上に待っている。

せりが上がりきると、狸八は枝の束を、水を張った桶へと突っ込んだ。暗闇に、じゅっと音がする。

狸八は息を吐いた。この幕が無事に終わることを祈る。奈落番たちは天井を見上げていた。皆、同じ思いだ。

やがて、舞台を支える柱が、小刻みに揺れた。歓声だ。見物客の、割れんばかりの歓声だ。

ほっとして見回す。皆、笑い、そして泣いていた。

うまくいったのだ。芝居も、自分たちも。

目を見合わせては笑い合った。


二階の稽古場で開かれた大入り当たり振舞には、役者と作者部屋の者たちが顔を揃えていた。裏方たちは、それぞれの持ち場で同じように宴会をしている。

狸八と左馬之助は、皆からくせぇくせぇとからかわれ、そうでなくても狸八は役者たちの元には居づらいものだから、早々に席を立とうとすると、十郎に呼び止められた。

「狸八、どこへ行く」

「ちょいと、外の風に当たろうかと思いまして」

人と酒と料理の匂いとで、息苦しいのは本当だった。

「外か……奈落の底ではなくてか？」

奈落番たちも、舞台の下で酒盛りをしていると聞いている。あの場所は男たちの持ち場であると同時に、今は離れがたい場所なのだろう。芝居のあとの余韻とはそういうものだ。狸八も以前、雨音を出すのに使った雨樋（あまどい）という道具の傍にいたくて、小道具方の元で酒を飲んでいたことがある。

「そこにも行こうと思います」

「なら、これを持って行ってくれ」

十郎が両手で抱えて渡してきたのは、尾頭付きの立派な鯛（たい）の載った大皿だった。めずらしく誰も手を付けていない。二階に出された鯛の中でも一番大きく、受け取った狸八は思わずよろめく。

「これを？」

「ああ。縁の下の力持ちたちへ、な」

十郎の言葉に、狸八は頷いた。

「おうい、狸八！」

今度は別の席で銀之丞が呼ぶ。もう顔が赤い。大丈夫だろうか。銀之丞は膳や人を跨（また）ぎ、そのたびに怒られながらこちらへやってくると、耳打ちするように手を口元へやって言った。

「外の風に当たるんならさ」

そう言って、天井を指差す。

「な。奈落番も誘って来いよ」

いたずらっぽく、銀之丞は笑っていた。

小屋の大梯子を一階まで下り、道具置き場を通って舞台袖へと出る。大道具方はすでに源九郎の屋敷の取り壊しを始めていたが、それを途中でやめて、舞台や花道を使って酒盛りをしていた。狸八は袖から石段を下りる。

舞台の下には、大きないびきが響いていた。そのほかは妙に静かだ。見ると、早々と皆、酔って眠ってしまったらしい。疲れた体には酒が早く回るのだろう。空の盃や皿が、あちこちに転がっていた。

「狸八じゃねぇか。どうした」

壁に寄りかかり、大徳利から直に酒を飲んでいた武蔵が言う。

「十郎さんから、皆さんへ。これを預かってきました」

大きな鯛を見て、武蔵は、おお、と声を上げた。

「座元からかぁ、ありがてぇなあ」

「皆さんは」

「もう眠っちまってるよ。起きてるのは俺だけだ。みんな、それなりに気ぃ張ってたからな」

思い思いの格好で眠る奈落番は、みな満足そうな顔をしていた。

「武蔵さんはまだ眠くありませんか？」

「ん？ ああ。俺は目が冴えちまったし……寝るなら帰って寝らぁ」

「じゃあ、その前に少し付き合ってください」

そう言うと、狸八は上を指差した。

小屋の外、屋根の上には、櫓（やぐら）がある。興行中は、そこに「なるかみ十ろうきゃうげんづくし」と書かれた幕が張られるのだが、千穐楽の終わったあと、それは最初に剝がしたようだ。今は裸の骨組みだけになったそこには、銀之丞と金魚がいた。銀之丞は櫓から身を乗り出し、金魚がその裾を引っ張って押さえている。

「あ、狸八さん、武蔵さん！」

金魚が呼ぶと、銀之丞も気付いた。

「そこの梯子から上がって来いよ！　落ちるなよ！」

「それはあっしの台詞ですよ！　気を付けてくださいよ！」

　銀之丞は明らかに酔っぱらっている。あれでは金魚が大変そうだ。狸八はぽかんとしている武蔵を促し、屋根に立てかけてある梯子を上った。その途中、裏庭の方から立ち上る煙を見た。喜平太の仕事はまだ終わらないようだ。

　櫓の上からは、蔵前と浅草の町が一望できた。二十三夜の遅く昇る細い月が、東の空にある。柔らかな光が町を照らし、提灯や行灯の明かりがちらちらと見えた。

「いい眺めだろ?」と、銀之丞が大きな仕草で振り返ったので、裾を持つ金魚が引っ張られて体が傾いだ。狸八は慌てて二人を押さえる。

「銀之丞さん、急に動かないでください!」

「そうだぞ銀、危ない!」

「わかってるって、な、それよりさ、武蔵さん。な、いい景色だろ」

　呆然(ぼうぜん)と町に目を奪われていた武蔵は、はっとして頷いた。

「ああ……漁火(いさりび)みてぇだ」

　漁火。狸八は町の景色に目を移す。夜の闇に沈む黒々とした屋根瓦は波のようで、波間に見える明かりは、漁師の舟の舳先(へさき)についた漁火のようだ。

「本当だ」

「漁火かあ、なるほどなぁ！」

はしゃぐ銀之丞を押さえつけながら、しばし見惚れていると、梯子の軋む音がした。

「おお、くせぇくせぇ、こりゃあ、下の匂いだ！　誰がいるか、すぐにわからぁ！」

見ると、上がってきたのは岩四郎だった。その後ろには虎丸もいる。

「岩四郎さん！」

近付けば、岩四郎も同じ匂いがする。

「よお、狸八、武蔵、世話になったな」

いえ、と武蔵が頭を下げる。

「ここを見つけたのは銀か？　いいとこを知ってやがるな」

へへ、と銀之丞は照れ笑いを浮かべる。もうすっかり出来上がっていて、まともな受け答えはできないのだろうが、虎丸が顔を出すと、途端に表情を変えた。

「ああ！　虎丸じゃねえか！　おめぇまでなんだよ！」

「なんだ、俺が来ちゃあ悪いのか？　大根役者が」

「おめぇはそういうこと言うから嫌なんだよ！　すぐ出世しやがって！　ばぁ

か！」

　金魚が銀之丞の口を無理やり塞いだ。

「すみません、虎丸さん」

　虎丸は櫓の骨組みに頬杖をつき、心底金魚に同情した様子で言う。

「まだ若ぇのに、あんたも苦労するな」

「こういう苦労はしたくないんですが」

　岩四郎と武蔵がげらげらと笑った。狭い櫓の上で銀之丞に暴れられては困るので、狸八も手を貸して押さえつける。

「やれやれだな」

　岩四郎はそう言うと、町を見渡した。

「漁火か」

「聞いてたんですかい」と、武蔵が驚く。

「ああ。たしかに、鳴神座は一つの船だ」

「船……」

　武蔵の目は吸い寄せられるように、蔵前と浅草のさらに向こうを見ていた。遠い遠い、海の果てを。

岩四郎は両手をぱんと叩くと、足を開いて膝を曲げ、腕を前後に伸ばした。鼻から深く息を吸う。

「あァ、絶景かな、絶景かなァァァ！」

銀之丞が首をぶんぶんと振り、口を押さえる金魚の手を、勢い任せに振りほどいて叫ぶ。

「よっ！　千両役者！」

船を導く星の下、呆れる声と笑い声とが、蔵前の夜に響き渡った。

ひとつ舟　鳴神黒衣後見録

一〇〇字書評

切・り・取・り・線

購買動機（新聞、雑誌名を記入するか、あるいは○をつけてください）

□（　　　　　　　　　　）の広告を見て	
□（　　　　　　　　　　）の書評を見て	
□ 知人のすすめで	□ タイトルに惹かれて
□ カバーが良かったから	□ 内容が面白そうだから
□ 好きな作家だから	□ 好きな分野の本だから

・最近、最も感銘を受けた作品名をお書き下さい

・あなたのお好きな作家名をお書き下さい

・その他、ご要望がありましたらお書き下さい

住所	〒				
氏名		職業		年齢	
Eメール	※携帯には配信できません	新刊情報等のメール配信を 希望する・しない			

この本の感想を、編集部までお寄せいただけたらありがたく存じます。今後の企画の参考にさせていただきます。Eメールでも結構です。

いただいた「一〇〇字書評」は、新聞・雑誌等に紹介させていただくことがあります。その場合はお礼として特製図書カードを差し上げます。

前ページの原稿用紙に書評をお書きの上、切り取り、左記までお送り下さい。宛先の住所は不要です。

なお、ご記入いただいたお名前、ご住所等は、書評紹介の事前了解、謝礼のお届けのためだけに利用し、そのほかの目的のために利用することはありません。

〒一〇一－八七〇一
祥伝社文庫編集長　清水寿明
電話　〇三（三二六五）二〇八〇

祥伝社ホームページの「ブックレビュー」からも、書き込めます。

www.shodensha.co.jp/bookreview

祥伝社文庫

ひとつ舟(ぶね)　鳴神黒衣後見録(なるかみくろごこうけんろく)

令和 6 年 4 月 20 日　初版第 1 刷発行

著　者　佐倉(さくら)ユミ
発行者　辻　浩明
発行所　祥伝社(しょうでんしゃ)
東京都千代田区神田神保町 3-3
〒 101-8701
電話　03（3265）2081（販売部）
電話　03（3265）2080（編集部）
電話　03（3265）3622（業務部）
www.shodensha.co.jp
印刷所　萩原印刷
製本所　ナショナル製本
カバーフォーマットデザイン　中原達治

 ISBN978-4-396-35045-1 C0193

祥伝社文庫　今月の新刊

阿木慎太郎
あのときの君を
昭和三十六年、一人の少女を銀幕のスターにしようと夢見た男たちがいた。邦画史上、存在しないはずの映画をめぐる、愛と絆の物語。

佐倉ユミ
ひとつ舟　鳴神黒衣後見録
見習い黒衣の狸八は、肝心な場面でしくじる。裏方として「鳴神座」を支える中で見つけた進むべき道は……。好評シリーズ第二弾！

辻堂　魁
うつ蟬　風の市兵衛　弐
輿入れした大身旗本は破綻寸前。嵌められた花嫁を、愛する人々を、市兵衛は護れるか。虚飾にまみれた名門の奸計を斬る！

小杉健治
忘れえぬ　風烈廻り与力・青柳剣一郎
十五年前、仲むつまじい蕎麦屋の夫婦が殺された。大切な人の命を奪われた者たちは――。剣一郎は新たな悲劇を食い止められるか？